천천히, 깊이,

시를 읽고 싶은

당신에게

천천히, 깊이, 시를 읽고 싶은 당신에게
낯선 시의 집에서 마주친 아늑하고 다정한 이야기

초판 1쇄 인쇄 2019년 11월 15일
초판 1쇄 발행 2019년 11월 20일

지은이　　이동훈
펴낸이　　이영선
책임편집　김선정

편집　　　강영선 김선정 김문정 김종훈 이민재 김연수 이현정
디자인　　김회량 정경아
독자본부　김일신 김진규 정혜영 박정래 손미경 김동욱

펴낸곳 서해문집 | 출판등록 1989년 3월 16일(제406-2005-000047호)
주소 경기도 파주시 광인사길 217(파주출판도시)
전화 (031)955-7470 | 팩스 (031)955-7469
홈페이지 www.booksea.co.kr | 이메일 shmj21@hanmail.net

이 도서의 국립중앙도서관 출판예정도서목록(CIP)은 서지정보유통지원시스템
홈페이지(http://seoji.nl.go.kr)와 국가자료공동목록시스템(http://www.nl.go.kr/
kolisnet)에서 이용하실 수 있습니다.(CIP제어번호: CIP2019044813)

천천히, 깊이,

시를 읽고 싶은

당신에게

낯선 시의 집에서 마주친

아늑하고 다정한 이야기

이동훈 지음

서해문집

일러두기

『 』(시집, 소설집, 장편소설 등 단행본)
「 」(시, 단편소설 등)
《 》(잡지, 신문 등)
〈 〉(그림, 사진, 영화, 방송 프로그램, 신문 기사 등)

시를 읽는 것은 큰 즐거움입니다. 이야기가 있는 시는 더욱 그렇습니다. 지금 책상 위에 펼쳐놓은 책은 김종삼 시인의 『북 치는 소년』입니다.

내용 없는 아름다움처럼

가난한 아희에게 온
서양 나라에서 온
아름다운 크리스마스 카드처럼

어린 洋들의 등성이에 반짝이는
진눈깨비처럼

위 시에서 "어린 양(¥)"과 "북 치는 소년"은 아마도 크리스마스카드 그림이었을 테죠. "내용 없는 아름다움"이라는 시의 한 구절이 평범한 카드 그림을 명작으로 바꾸어버린 느낌입니다. '내용 없음'에 초점을 맞추어 읽는 사람은 가난한 아이에게 실질적 도움을 주지 못하는 현실을 비판한 것이라 말합니다. '아름다움'에 더 많은 시선을 빼앗긴 사람은, 그럼에도 아이가 품고 있는 낭만과 모험과 꿈에 대한 응원으로 읽기도 합니다. 이 두 가지를 함께 보는 시각이 더 나아 보입니다만, 누가 또 다른 이야기를 들려주면 그때도 듣는 귀가 즐거울 것입니다.

크리스마스와 관련해서 얼마 전 작고한 김종길 시인의 「성탄제」도 잊기 어렵습니다. 이 시로 인해 산수유 열매가 붉은 줄은 일찍 알았지만, 꽃이 노란 줄은 한참 후에 알게 되었습니다. 조그마한 봉오리 하나에서 마흔 개의 꽃송이가 벌어지는 신비에 대해서는 최근에야 듣고 알았습니다. 김종길 시인은 산수유 붉은 열매를 통해 서느런 옷자락의 아버지를 추억합니다. 개인적으로, 졸시집을 내고 난 뒤 아흔이 다된 시인으로부터 전화를 받고 깜짝 놀랐습니다. 무명의 까마득한 후배에게 말을 걸어주신 그날부터 산수유 한 알을 혈액 속에 간직한 기분입니다.

아픈 크리스마스도 있습니다. 송경동 시인의 「우리들의 크리스마스」입니다. 대기업의 하청의 하청으로 내려가며 저임금, 중노동, 고용 불안에 시달리던 비정규직 노동자의 죽음이 있었고, 시인은 그해 크리스마스를 유족과 보냈나 봅니다. 비정규직 노동자의 돌 지난 딸을 생각하며 시를 쓴 것인데, 이 땅의 비정규직 가족, 해고자, 이주 노동자가 인간답게 살 수 있는, 천국으로 가는 길을 거듭 묻습니다. 틈을 주지 않는 자본, 자본에 밀착된 공권력에 목숨 끊지 않고, 돌멩이 들지 않고 가는 길이 뭐냐고, 그런 길이 있기는 하냐고 물어옵니다. 여기에 답할 준비는 안 되었다 하더라도 물음을 공유하는 것만으로도 의미 있는 일이라고 생각합니다.

김종삼의 크리스마스도, 김종길의 크리스마스도, 송경동의 크리스마스도 이야기가 있습니다. 각각의 이야기는 쓸쓸하기도 하고, 아늑하기도 하고, 슬프기도 합니다. 추억할 거리를 남기기도 하고, 생각할 거리를 주기도 합니다. 다만, 시는 소설과 달라서 긴 이야기는 아닙니다. 소설도 현실의 한 단면만을 압축시켜놓은 것이라 하니, 시는 그 정도가 유난하다고 해야겠습니다.

저는 시를, 주사기 바늘의 좁디좁은 통로로 뿜어져 나온 진액 같은 것이라고 여깁니다. 잘만 섭취하면 세상을 들여다보고 타인을 이해하는 양식이 될 텐데, 그런 기회를 갖지 못한 작품이 많은 것도 안타까운 현실입니다. 그런즉 좋은 작품들을 찾아서 소개해주고, 작품에 숨은 의미와 재미를 독자가 발견하도록 돕는 일이 퍽 요긴하리라 생각합니다. 이번 제 글들도 그런 방향성을 갖고 있습니다. 영화 〈내 친구의 집은 어디인가〉(1987)에서 친구 집을 찾아 종일 헤매던 걸음에 꽃 하나 얹은 마음으로, 시의 집을 찾는 사람들 곁에서 이집 저집 안내하며 먼저 걸은 티를 내고 싶었는지도 모르 겠습니다.

독자는 이야기를 좋아합니다. 의미 없이 긴 이야기는 고통이 지만, 재미나게 줄인 이야기는 밥 먹는 것도 잊은 채 들으려 합니 다. 시가 들려주는 이야기를 받아 적으며 제 글 자체가 또 한 편의 이야기가 되게끔 애를 썼습니다. 또한 전하는 이야기에 흥을 내려 면 본인이 먼저 그런 느낌을 받아야 하는데, 이 책에 소개한 대부분 의 시는 제 마음에 한 번씩 각별하게 와 닿았던 작품들입니다.

이 글을 쓸 수 있도록 좋은 시를 냉큼 내어주고 격려를 아끼 지 않은 여러 시인들께 고맙다는 말씀을 전합니다. 끝내 연락이 되 지 않은 몇 분께도 좋은 책으로 보답하는 게 도리라는 생각에 열심 히 읽고 골똘히 쓰려고 했습니다만, 모자란 부분이 있을 줄 압니다. 그 밖에도 여러 분들의 사진과 그림을 빌려 모자란 것을 가리고 빛 을 내기도 했으니, 저로서는 다 고마운 일입니다. 글쓰기 동력이 되 었던 월간《우리시》와 책의 모양새를 만들어준 서해문집에도 빚을 졌습니다.

영화 〈8월의 크리스마스〉(1998)에서 숨은 사랑이 흑백사진으 로 남았던 것처럼, 이 책이 누군가에게 선물이 되기를 꿈꿉니다. 8 월이든 12월이든 오는 크리스마스를 기다려 카드 몇 장 써볼 요량

입니다. 머리를 싸매고 '내용 없는 아름다움'을 고민할지도 모르겠
습니다만, 누군가를 위해서 뭔가를 끼적거리는 그 자체로 충분히
복된 일임을 생각합니다.

2019년 11월
이동훈

시의 집으로 걸을까요

정태경, 〈내 친구의 집은 어디인가〉(2017, 개인소장)

거미 가족을 걱정하는 백석

가장으로서 눈물겨운 이상

빵의 얼룩을 간직한 김기림

구름보다 높고자 했던 임화

별똥 찾아간 정지용

1936년의 ── 아름다운 시

플로리안 일리스의 『1913년 세기의 여름』은 1913년 유럽에 초점을 맞추어, 주로 예술 방면에서 내로라하는 사람들의 한때를 기록한 책이다. 당시에 주고받은 편지글을 다수 인용하면서 프로이트와 카프카 등 '좀 아는' 사람들의 이모저모를 떠올려보는 재미가 있다. 플로리안 일리스의 책을 읽으면서, 내가 살고 있는 나라의 과거 한때로 가서 특정 인물의 면면을 들춰보고 싶은 유혹이 있었는데, 조금씩 실마리를 풀어 소박하게나마 매듭짓고 있으니 다행이다.

내 마음에 한 번씩 깊이 와 닿았던 시들은 공교롭게 1936년에 발표된 시가 많았다. 그런 연유로 이 책의 시작은 1936년을 살았던 문인 예술가들의 대략적인 발자취를 따라가면서, 그해 발표된 다섯 편의 아름다운 시를 감상하는 것으로 첫 여정을 삼았다.

거미 가족을
걱정하는
백석

1936년 첫날, 김정한의 소설 「사하촌」이 《조선일보》 신춘문예란을 장식했다. 제목처럼 절 아래 마을의 소외된 사람들 이야기다. 그들의 봉기를 다루며 작가는 약자 편에 서서 목소리를 낸다. 이러한 입장은 훗날, "사람답게 살아라. 비록 고통스러울지라도 불의에 타협한다든가 굴복해서는 안 된다. 그것은 사람의 갈 길이 아니다"(「산거족」, 1971)라는 소설 문장까지 일관되게 나타났다.

유치환이 「깃발」(《조선문단》)로, 서정주가 「벽」(《동아일보》)으로 등장한 것도 정초였다. 유치환은 "소리 없는 아우성"으로, 서정주는 "벽 차고 나가 목매어 울리라! 벙어리처럼"으로 역설의 상황을 가정했으니, 자신의 존재를 소리치고 싶은 욕망과 현실과의 괴리에서 빚어진 현상이 아니었을까.

시집 『사슴』이 출간된 것은 그 얼마 후다. 오산학교 스승인 김억을 통해 김소월 습작 노트를 받기도 했던 백석이 문단의 총아로 등장한 것이다. 시집 100부를 한정판으로 내놓은 그는 조선일보사 근무를 그만두고 함흥 영생고보 영어 교사로 직장을 옮겨 갔다. 「흰 바람벽이 있어」(《문장》, 1941. 4), 「남(南)신의주 유동 박시봉 방(房)」(《학풍》, 1948. 10)으로 이어지는 크나큰 상실감이 아직 나타나기 전이지만, 『사슴』은 상당한 반향을 일으켰다.

당시 같은 신문사에 있었던 김기림은 백석의 시가 그의 외모와 딴판이고 유니크하다며 놀람을 표시하면서, "어디까지든지 그 일류의 풍모를 잃지 아니한 한 권의 시집을 그는 실로 한 개의 포탄을 던지는 것처럼 새해 첫머리에 시단에 내던졌다"(《조선일보》, 1936. 1. 29)며 찬사를 아끼지 않았다. 『사슴』을 읽은 신석정은 "수선화는/어린 연잎처럼 오므라진 흰 수반에 있다"(「수선화」)며 백석의 이미지를 꼭 닮은 시를 보내왔고, 백석 역시 "노란 슬픔의 이야기"(「편지」)를 나누고 싶다는 화답 시를 신문에 발표하기도 했다.

이처럼 『사슴』은 바로 전해의 『정지용 시집』(시문학사, 1935) 못지않게 주목을 받았다. 그중에 「수라(修羅)」를 읽어보자.

거미 새끼 하나 방바닥에 나린 것을 나는 아모 생각 없이 문밖으로
쓸어버린다
차디찬 밤이다

어니젠가 새끼 거미 쓸려나간 곳에 큰 거미가 왔다
나는 가슴이 짜릿하다
나는 또 큰 거미를 쓸어 문밖으로 버리며
찬 밖이라도 새끼 있는 데로 가라고 하며 서러워한다

이렇게 해서 아린 가슴이 삭기도 전이다

어데서 좁쌀알만 한 알에서 가제 깨인 듯한 발이 채 서지도 못한 무척 적은 새끼 거미가 이번엔 큰 거미 없어진 곳으로 와서 아물거린다

나는 가슴이 메이는 듯하다

내 손에 오르기라도 하라고 나는 손을 내미나 분명히 울고불고 할 이 작은 것은 나를 무서우이 달아나 버리며 나를 서럽게 한다

나는 이 작은 것을 고이 보드러운 종이에 받아 또 문밖으로 버리며

이것의 엄마와 누나나 형이 가까이 이것의 걱정을 하며 있다가 쉬이 만나기나 했으면 좋으련만 하고 슬퍼한다

　　—— 백석, 「수라」¹ 전문

백석과는 같은 고향(평북 정주) 출신이자 오산중학교 선배이기도 한 김소월이 『진달래꽃』(1925)을 통해 민족 시인으로 자리매김한 이래 정지용이 그 뒤를 이을 당시, 「수라」는 이제 백석의 시대가 도래했음을 직감케 하는 시다. 서구적 외모에 당시로는 드물게 영어 실력을 갖추고 나중에는 러시아어도 자유로이 구사했지만, 백석은 흙냄새 나는 시 밭에 모국어를 알뜰히 가꾸었다. 백석의 시는 쓰리기도 하고 후미지기도 한 이야기 속에 아늑하기도 하고 다정하기도 한 감정이 녹아 있다. 그의 성격을 닮았을 법한 언어들은 별 쭝나지 않으면서도 마음에 상냥스레 닿는데, 그런 밑바탕엔 이 시에서 보듯 미물에 미치는 따스한 인간애가 자리 잡고 있다.

시인은 방 안에서 거미 식구를 만나지만 어느 거미에게도 위해를 가하지 않는다. 사적인 얘기를 보태면, 내 할머니도 그런 분이었다. 먼저 해를 끼쳐오지 않는 한, 벌레를 함부로 잡는 일이 없었다. 귀뚜라미가 들면 문을 열고 나갈 수 있도록 했으며, 거미는 쓰레받기에 조심스레 받아서 한데로 내보냈다. 영물이라는 생각이 있어서 그렇기도 하겠지만 무엇보다 공동체 안에 배어 있는 생명 존중 사상이 자연스레 실천으로 이어진 게 아닌가 싶다. 시인의 경험은 조금 더 극적이긴 하다. 새끼 거미, 어미 거미, 더 어린 새끼 거미를 차례로 밖으로 내보내면서, 이들이 이산가족이라도 될까 봐 걱정한다.

거미 입장에서는 병 주고 약 준 꼴이지만 그 약이라도 없었으면 그야말로 낭패 아닌가. 누군가의 장난질로 가족이 생이별의 위험에 직면했지만 그나마 안녕한 것은, 생명 있는 것을 그 자체로 존중하는 마음 그리고 사뭇 도와주면서도 미안해하는 마음에 빚진 것도 사실이니 말이다. 산업화 이후 1990년대에 이르러서야 자연과 생명을 성찰하고자 했던 생태주의 시가 본격적으로 쓰인 점을 고려할 때, 백석의 이 시는 생태 시의 오래된 모범이라 해도 손색이 없다.

세상사 알 수 없는 일이라지만, 해방 공간에서 이념 대립과 전쟁 그리고 분단으로 이어지는 일련의 과정 속에 무수한 주검과 생이별로 "울고불고 할 이 작은 것"이 민족 현실이 될 줄을 시인은 깜깜 몰랐을 것이다. 훗날, 월북했다가 한국전쟁에 종군해 서울로 돌아온 임화도 딸의 행방을 수소문하다가 결국 "아직도/ 이마를 가려/ 귀밑머리를 땋기/ 수줍어 얼굴 붉히던/ 너는 지금 이/ 바람찬 눈보라 속에/ 무엇을 생각하여/ 어느 곳에 있느냐// …"(「너 어디 있느냐」, 1951)며 눈물사국 그링한 시를 남긴 바 있다. 백서만큼 잘생긴 임화에 대한 이야기는 뒤로 잠깐 미루자.

가장으로서
눈물겨운
이상

1936년 2월, 신문에 5개월 정도 연재되었던 장편소설 『상록수』가 끝을 맺었다. 소설 속 마지막 구절은 동혁이 "상록수 그늘을 향하여 뚜벅뚜벅 걸었다"(《동아일보》, 1936. 2. 15)이지만, 작가 심훈은 더 걸어가지 못하고 그해 9월 서른 중반의 나이에 장티푸스로 사망하고 만다.

이상은 폐병이 악화되어 평안남도 성천으로 요양을 떠났다가 이 무렵 서울로 돌아와 있었다. 성천에서의 경험을 「산촌여정」(《매일신보》, 1935), 「권태」(《조선일보》, 1937) 등의 빼어난 수필로 쓰기도 했던 이상은 생계에 대한 상당한 부담을 안고 있었던 것으로 보이는데, 이는 「가정」이란 시에 유난하게 잘 드러나 있다.

문(門)을암만잡아다녀도안열리는것은안에생활이모자라는까닭이다.밤이사나운꾸지람으로나를조른다.나는우리집내문패(門牌)앞에서여간성가신게아니다.나는밤속에들어서서제웅처럼자꾸만감(減)해간다.식구(食口)야봉(封)한창호(窓戶)에더라도한구석터놓아다고내가수입(收入)되어들어가야하지않나.지붕에서서리가내리고뾰족한데는침(鍼)처럼월광(月光)이묻었다.우리집이앓나보다그러고누가힘에겨운도장을찍나보다.수명을헐어서전당잡히나보다.나는그냥문고리에쇠사슬늘어지듯이매어달렸다.문열려고안열리는문열려고.

— 이상, 「가정」[2] 전문

이상은 비상식적이고 초현실적인 세계로 한달음에 달려가 자신의 영역을 구축함으로써 동시대 혹은 이후 작가들의 냉대와 찬사를 한 몸에 받은 인물이다. 여기서 비상식적이란 말은 생활인의 모습에서 벗어나 '삶이 결여된 예술'(어쩜, 그냥 '술') 쪽으로 한참 기울어졌다는 의미다. 이 점이 작품을 창작하는 에너지와 무관하지는 않겠지만, 이상이 그렇게만 치부해도 되는 인물인지에 대해서는 조금 더 따져보아야 한다. 특히 「가정」은 이상이 생계를 잇기 위해 얼마만 한 고민 속에 있었는지를 여실히 보여주는 작품이라 하겠다.

작품 속 화자를 작가 분신으로 상상해본다면, 문패로 상징되는 가장의 역할을 성가셔 하는 것은 형식적인 포즈일 뿐 오히려 그 역할을 다하려 무진 애쓰는 모습이 이 한 편의 시에 오롯이 담겨 있

구본웅, 〈우인상〉(1935, 국립현대미술관 소장)

덥수룩한 머리카락과 수염, 날카롭지만 장난기가 느껴지는
눈빛 등 실제 이상보다 더 이상답게 그린 듯한 수작이다. 구본웅
화가는 이상보다 네 살 연상이었지만 시인과 스스럼없이
지냈으며, 이상의 아내인 변동림은 구본웅의 이모(계모의 이복
여동생)이기도 하다.

다. 일상 밖으로 내뺄 마음이 없는 건 아니지만, 일상의 짐을 쉽게 부리지 못하고 가족을 위하고 자신의 앞가림을 하려는 모습이 역력하다. 가난이든 불운이든 시인 앞에 닥친 현실은 시인의 수명을 헐 정도다. 실제 이상은 연인 금홍이와 함께했던 제비다방 이후에도 자신의 집을 저당 잡혀가면서 '쓰루' '69' 등의 다방 영업을 이어가려 했으나 번번이 실패한다. 이상은 자신을 낳아준 친부와 자신을 입양해 길러준 양부 모두를 책임져야 한다는 강박증으로부터 결코 자유로울 수 없었다. 서리 내린 지붕을 월광(月光)이 "침(鍼)"처럼 파고들면 안에 사람은 신음할 수밖에 없을 텐데, 이상의 처지가 꼭 그러했을 것이다.

금홍이가 떠난 후 이상은 권순희(정인택과 사별 후 박태원의 아내가 됨)와 헤어지고, 변동림(나중에 김환기의 아내가 됨)을 만나 1936년 6월 결혼해서 가정을 꾸렸지만 살림은 나아지지 않았다. 새로운 삶을 모색하러 일본으로 떠났던 이상은 끝내 돌아오지 못한다.

뺨의
얼룩을 간직한
김기림

이상의 소설 「날개」에 나오는, 골방에 틀어박혀 생활 능력을 잃어

버린 사내는 스스로를 "박제가 되어버린 천재"로 여기는데, 그 천
재를 알아보고 끝까지 지지해준 벗이 있었으니 두 살 연상의 김기
림이었다. 김기림은 이상의 모던한 경향을 좋아했고, 겉에 드러나
지 않은 삶의 고뇌도 깊이 이해했다. 이상 역시 그런 김기림을 위
해, 그의 첫 시집 『기상도』(1936)의 장정을 기꺼이 맡았다. 검은색
바탕에 흰색 띠지를 바른, 그 당시로는 파격적이라 할 수 있는 근대
적 양식이었다. 『기상도』에는 실리지 못했지만 김기림 개인사를 엿
볼 수 있는 작품이 이 시기에 발표된다. 수필로 썼던 것이지만 다분
히 시적이다.

　나의 소년 시절은 은빛 바다가 엿보이는 그 긴 언덕길을 어머니의
상여와 함께 꼬부라져 돌아갔다.

　내 첫사랑도 그 길 위에서 조약돌처럼 집었다가 조약돌처럼 잃어버
렸다. 그래서 나는 푸른 하늘빛에 호져 때 없이 그 길을 넘어 강가로 내
려갔다가도 노을에 함북 자줏빛으로 젖어서 돌아오곤 했다.

　그 강가에는 봄이, 여름이, 가을이, 겨울이 나의 나이와 함께 여러 번
댕겨갔다. 가마귀도 날아가고 두루미도 떠나간 다음에는 누런 모래둔
과 그리고 어두운 내 마음이 남아서 몸서리쳤다.

김기림, 『기상도』(창문사, 1936)
김기림 자신이 이해한 모더니즘을
시 창작으로 모범을 보인 시집이며,
이상이 장정을 맡았다. 선과 면으로
형상을 대신한 몬드리안의 향수가
엿보이지만, 밝은 색 계통의
몬드리안과 다르게 단순한 명암
대비로 깊이를 주었다. 출판을 맡은
창문사는 구본웅 화가의 아버지가
운영하던 곳으로, 구본웅은 이상,
김기림, 박태원 등과 의기투합해서
늘 어울려 다녔다.(사진 출처 : 화봉
책박물관 여승구 관장)

그런 날은 항용 감기를 만나서 돌아와 앓았다. 할아버지도 언제 난지를 모른다는 마을 밖 그 늙은 버드나무 밑에서 나는 지금도 돌아오지 않는 어머니, 돌아오지 않는 계집애, 돌아오지 않는 이야기가 돌아올 것만 같아 멍하니 기다려 본다. 그러면 어느새 어둠이 기어와서 내 뺨의 얼룩을 씻어 준다.

— 김기림, 「길」[3] 전문

이 글을 읽고 모네의 〈파라솔을 든 여인〉(1875)이 왜 떠올랐을까. 김기림도 이 그림을 알고 있었는지 모르겠지만, 카미유 뒤에 서 있는 아들 장과 시인의 소년 시절이 묘하게 겹쳐진다는 느낌을 받았다. 카미유의 치맛자락을 사납게 흔드는 바람이 예까지 와서 어머니 상여를 보낸 "긴 언덕길"에도 불고 있을 거란 생각이 든다. 이후 장이 어머니를 여읜 것처럼 김기림 역시 여덟 살 무렵에 어머니와 누이를 차례로 잃는 아픔을 겪었다. 김기림과 함께 구인회(九人會)의 시작과 끝을 같이한 이태준 역시 아홉 살 전에 아버지와 어머니를 차례를 잃고 쓸쓸한 유년을 보냈다. 부모를 일찍 여읜 사람들의 상실감이 어떠한 것인지가 이 한 편의 시(아무려나 시라고 하는 게 낫겠다)에 슬프게 또 아름답게 담겨 있다.

이 시가 슬픔을 넘어 찬연한 느낌마저 주는 이유는 뭘까. 훗날 백석이 「남신의주 유동 박시봉 방」에서 부끄러움과 어리석음에 취해 방을 뒹굴다가 창밖의 '갈매나무'를 생각하며 생의 의욕을 불

모네, 〈파라솔을 든 여인〉 (1875, 워싱턴 내셔널 갤러리 소장)

모네는 아내 카미유를 모델로 두고, 빛과 기후에 따라 시시각각
달라지는 주변의 색채와 인상을 화폭에 담았다. 4년 후, 모네는
임종을 앞둔 카미유를 기억해두기 위해서 붓을 들어야 했으니
이 또한 삶의 아이러니다.

러일으키듯이, 이 시에서는 "늙은 버드나무"와 "어둠"이 우는 아이의 "뺨의 얼룩을 씻어"주는 것 아닌가. 갈매나무와 버드나무는 잠시 빌리거나 데리고 나온 것일 뿐, 삶의 위로는 스스로 주는 것일 테다. "항용 감기를" 앓던 아이는 언덕길과 강가를 떠나서 훌쩍 성장했다. 이별로 인해 일찍 철든 시인은 이때껏 부지런히 길을 걸어왔고 또한 길을 만들어가기도 하겠지만, 언제든 어머니와의 추억이 간직된 옛날의 길을 품고 살 것이고, 이렇듯 아름다운 문장으로 한 번 울컥한 뒤 한결 편안해졌을 것이다.

구름보다
높고자 했던
임화

1936년 5월, 야학교사로 있으면서 인근 다솔사를 오가던 김동리가 소설 「무녀도」(《중앙》)와 「바위」(《신동아》)를 잇달아 발표한다. 이상의 절친한 벗이기도 했던 김유정이 자신의 대표작이라 할 만한 「동백꽃」(《조광》)을 발표한 것도 이 시기다. 박녹주, 박봉자로 이어지는 그의 연애사는 참담할 정도였지만 그의 글은 언제든 해학이 넘쳤고, 그의 폐병은 점점 깊어졌다.

1936년 6월엔 이원수와 최신애의 결혼이 있었다. 십 년 전에

'고향의 봄' 노랫말을 썼던 이원수와 '오빠 생각'을 썼던 최신애가 몇 년 간 편지를 주고받다가 결실한 것이다.

1936년 8월엔 이상, 김유정 등과 함께 구인회 후기 멤버이기도 했던 박태원이 청계천 주변의 풍속을 그려낸 장편소설 『천변풍경』을 《조광》에 연재하기 시작했다. 또, 《동아일보》 사회부장이었던 현진건은 베를린 올림픽 마라톤 우승자인 손기정 선수의 기사를 보내면서 일장기를 지운 일로, 《신가정》의 편집장이었던 시인 변영로는 〈조선의 건각(健脚)〉이란 제목으로 손기정 선수의 다리만 게재했다는 이유로 핍박을 받아 직장을 떠나야만 했다.

이즈음에 발표된 임화의 시 한 편을 보자. 이상의 보성고보 동기생이기도 한 임화는 카프(KAPF, 조선프롤레타리아예술가동맹)의 서기장까지 지낸 경력의 소유자로, 일찍이 「우리 오빠와 화로」(1929)에서 노동운동에 대한 신뢰와 연대감을 드러낸 바 있다. 그런 그가 훗날 일제의 탄압에 더 저항하지 못하고 카프 해산계를 제출하며 운동 방향을 틀기 시작하지만, 「하늘」이라는 이 시에서는 아직 희망을 잃지 않은, 낭만성이 도저한 서른 즈음의 임화를 만날 수 있다.

감이 붉은 시골 가을이
아득히 푸른 하늘에 놀 같은
미결사의 가을 해가 밤보다도 길다.

갔다가 오고, 왔다가 가고
한 간 좁은 방 벽은 두터워,
높은 들창 가에
하늘은 어린애처럼 찰락거리는 바다

나의 생각과 궁리하던 이것저것을
다 너의 물결 위에 실어
구름이 흐르는 곳으로 띄워볼까!

동해바다 가에 작은 촌은
어머니가 있는 내 고향이고
한강 물이 숭얼대는
영등포 붉은 언덕은
목숨을 바쳤던 나의 전장

오늘도 연기는
구름보다 높고
누구이고 청년이 몇
너무나 좁은 하늘을
넓은 희망의 눈동자 속 깊이
호수처럼 담으리라.

벌리는 팔이 아무리 좁아도,

오오! 하늘보다 너른 나의 바다.

― 임화, 「하늘」[4] 전문

1930년대는 사회주의 노동운동이 활발했던 시기로, 경성트로이카 주축 멤버로 노동운동을 전개하던 이재유가 일제에 검거된 것도 1936년 12월의 일이었다. 임화가 이들 운동가와 어떤 연결 고리를 갖고 있었는지는 불분명하지만, "목숨을 바쳤던 나의 전장"으로 일컬을 정도로 사회주의 운동과 그 일환으로 전개된 노동운동에 상당한 애착을 갖고 있었으리라 짐작한다. 1919년 경성방직이 영등포에 자리 잡으면서 공장과 사택, 노동자들의 주거지가 들어서고, 인근 공장을 중심으로 몇 차례 노동운동이 있었다. 1936년엔 붉은 벽돌로 경성방직 사무동이 지어지기도 했으니, "영등포 붉은 언덕"은 그 시기를 혁명의 마음으로 살았던 젊은 시인의 붉은 마음의 표현으로도 볼 수 있다.

시 속의 화자는 미결사(재판을 기다리는 미결수를 수감하는 시설)에 구류되어 있는 상태다. 이전의 카프 시절에 수개월 옥살이를 했던 시인의 경험이 반영되기도 했을 것이다. "한 간 좁은 방"에 갇혀 "들창"을 통해 바라본 것은, 자유롭지 못한 시인의 현재 처지와 같이 "너무나 좁은 하늘"이다. 그렇지만 이 좁은 가을 하늘은 시인의 상상 속에 활기를 얻어 확장되기 시작한다. "찰락거리는 바다"가 되어 시골의 고향 마을을 떠올리게 하더니, 희망의 면적을 넓혀가면서 마침내 "하늘보다 너른 나의 바다"를 감격에 겨워 외치게 된다. 영화배우로도 활약했던 시인의 이력답게 연극적인 느낌도 주지만, 갇힌 공간에서 열린 세계를 지향하는 임화의 자유로운 정신이 바탕에 깔려 있다.

이 시를 발표하기 직전에 임화가 재혼한 사실까지 생각해보면, 요양차 마산에 내려갔다가 인연이 된 바닷가 여인, 지하련(본명은 이현욱)에 대한 감정이 "나의 바다"에 묻어 있으리란 추정도 해볼 만하다. 실제로 지하련이 이 시를 즐겨 암송했다는 사실이 더욱 그런 생각을 갖게 한다. "한 간 좁은 방"이 전부일지라도 자유를 꿈꾸고 사랑을 말할 수 있을 땐 시인은 갇혀도 갇힌 게 아니다. 구름보다 높게 피어나는 이상으로 그의 가슴은 뜨거웠고, 그 열기로 사랑을 품고 혁명을 꿈꾸었다. 하지만 이념과 노선으로 갈라진 세상에 혁명가로 사는 건 언제든 허방을 짚을 위험이 있다. 이쪽 아니면 저쪽으로 구름이 쏠려간 자리에 임화가 그리던 푸른 하늘은 끝내 주어지지 않았다.

별똥
찾아간
정지용

1936년 9월엔 이상이 「날개」를, 10월엔 이효석이 「메밀꽃 필 무렵」
을 발표하면서 자기 문학의 정점을 찍었다. 2년 전《조선중앙일보》
기자로 있으면서 이상에게 「오감도(烏瞰圖)」를 발표할 기회를 주었
던 이태준은 자신의 소설 「까마귀」(《조광》, 1936. 1)에서 여자 주인공
을 폐병 환자로 등장시킨 바 있다. 까마귀와 폐병이라니, 혹 이상과
의 관계를 염두에 둔 것은 아닌지, "장정(裝幀) 고운 신간서(新刊書)
에처럼 호기심이 일어났다"는 그의 소설 문구와 같이 궁금증을 가
질 만하다. 이태준이 석 달간 연재하던 장편소설 『황진이』(《조선중앙
일보》)를 9월에 마치니, 이후 '황진이'가 재조명되어 여러 작가에 의
해서 새로이 창작되는 계기가 되었다.

　　1936년 11월엔 서정주, 오장환이 중심이 된《시인부락》창간
호가 발행된다. "우리 부락에 […] 여러 가지의 식구들이 모여서 살
기를 희망한다"는 편집후기처럼, "보리밭에 달 뜨면/ 애기 하나 먹
고"(서정주, 「문둥이」), "보수는 진보를 허락지 않아 뜨거운 물 끼얹고"
(오장환, 「성벽」), "푸른 보리밭 사이로 하늘을 쏘는 노고지리가 있거
든/ 아직도 날아오르는 나의 꿈이라고 생각하라"(함형수, 「해바라기의
비명」) 등 다양한 느낌의 시에서 식민지 시대를 살아가는 개개인의

생각의 편린이 살짝살짝 묻어난다.

1936년 12월에도 어김없이 별은 떴다. 「한 개의 별을 노래하자」(《풍림》)던 이육사는 남이 흉내 낼 수 없는, 삶과 문학이 하나가 된 저항문학의 유일무이한 '별'이 되어가고 있었다.

이제, 1936년의 아름다운 시 마지막 작품으로 정지용의 「별똥이 떨어진 곳」을 소개하고자 한다. 실은 정지용문학관에 게시된 연보에는 이 작품의 발표 연도가 1936년 12월로 되어 있으나, 정지용 전집에는 1937년 12월로 되어 있다. 그렇다 하더라도 너무나 아름다운 이 작품을 빼놓을 수 없어 무작정 여기에 신는다.

밤뒤를 보며 쪼그리고 앉았으려면, 앞집 감나무 위에 까치 둥어리가 무섭고, 제 그림자가 움직여도 무서웠다. 퍽 치운 밤이었다. 할머니만 자꾸 부르고, 할머니가 자꾸 대답하시어야 하였고, 할머니가 딴 데를 보시지나 아니하시나 하고, 걱정이었다.

아이들 밤뒤 보는 데는 닭 보고 묵은세배를 하면 낫는다고, 닭 보고 절을 하라고 하시었다. 그렇게 괴로운 일도 아니었고, 부끄러워 참기 어려운 일도 아니었다. 둥어리 안에 닭도 절을 받고, 꼬르르 꼬르르 소리를 하였다.

별똥을 먹으면 오래오래 산다는 것이었다. 별똥을 줏어왔다는 사람이 있었다. 그날밤에도 별똥이 찌익 화살처럼 떨어졌었다. 아저씨가 한번 모초라기를 산 채로 훔켜 잡어온, 뒷산 솔푸데기 속으로 분명 바로 떨어졌었다.

별똥 떨어진 곳
마음에 두었다
다음날 가보려
벼르다 벼르다
이젠 다 자랐소
— 정지용, 「별똥이 떨어진 곳」[5] 전문

이 작품은 시인이 《학생》(1930. 10)에 동요풍의 시 「별똥」을 먼저 발표하고 나중에 앞 사설을 붙여 산문 형태로 완성한 작품이다. 한 해를 보내는 인사로 웃어른에게 하는 절이 "묵은세배"인 만큼 시인이 시를 쓰거나 추억하고 있는 시기가 섣달그믐에 가까운 어느 해 겨울 초입인 줄 알겠다. 날씨도 쌀쌀하고 어둠도 무서울 텐데 한데로 나가 엉덩이 까고 밤뒤(밤에 똥 누는 일) 보는 버릇이 썩 내킬 리가 없다. 할머니가 기꺼이 따라나서고 그로 인해 밤공기도 훈훈해졌겠지만, 할머니는 손자만큼이나 개구진 데도 있다. 밤뒤 보는 버릇을 없애기 위해서 "닭 보고 절을 하라"는 주문이 그렇다. 아이는 아이답게 솔깃해져 절을 하고, 닭은 무슨 이유인지 "꼬르르 꼬르르 소리"로 답하고, 할머니는 짐짓 입술을 물고 웃음을 참느라 주름을 지었을 것이다. 때마침 별똥 하나 "찌익" 날아오기까지 하니, 그야말로 자연과 인정과 동심이 두루 섞인 훗훗한 밤이다.

「별똥이 떨어진 곳」을 읽으면서 워즈워스의 「무지개」에도 생각이 미친다. 하늘의 무지개를 보면 어릴 적부터 지금까지 가슴이 뛰었는데 만약 더 이상 그렇지 않게 된다면 죽게 하라는 내용이다. 어른이 되어가면서 눈앞의 일들을 처리하느라 하늘을 쳐다볼 여유조차 잃어가는 현대인에게 별똥과 무지개는 그다지 요긴하지 않은 자연현상에 불과할지 모른다. 요긴하지 않아서, 쓸모가 없어서 더 아름다운 것이라는 역설의 말도 있기는 하지만, 별똥과 무지개는 그 자체로 신비로움을 자아내는 심미적 대상이다. 다만 세월이 지날수록 그 신비와 영감에 푹 젖어들지 못하고 마음이 조금씩 늙어가는 것이니, 별똥과 무지개를 찾아 나서는 것은 어릴 적 간직했던 순수와 동경을 자기 마음 안에서 재생시키는 행위와도 같다.

아이 똥은 흉이 없지만 사람 똥은 독하다는 말이 있다. 자연과 이웃 공동체와의 연대를 생각하고, 별똥 떨어진 곳을 그리는 마음을 아주 잃지 않을 때라야 사람 똥도 별똥처럼 귀한 대접을 받는 날이 오지 않을까 싶다.

정지용과 김기림은 6·25 전쟁 발발과 좌우 대립 속에 희생당한 것으로 알려져 있으며, 임화 역시 자신이 믿었던 사회주의 세력에 의해서 숙청당하는 아이러니한 운명을 피하지 못했다. 백석은 숙청을 면했지만, 선배 김소월이 "삼수갑산 날 가두었네"(「삼수갑산」, 1934)라고 노래했던 그 삼수에 갇혀 쓸쓸하게 여생을 마쳤다. 그리고 이상은 1936년을 자신의 시대로 만들어놓고 현해탄을 건너간 뒤 돌아오지 못했다. 1937년 3월, 김유정이 죽은 지 불과 한 달 후의 일이다. 서른을 못 살고 둘은 사이좋게 같은 병으로 죽었다. 병명은 '삶을 위해, 문학을 위해 자신을 지극히 소모한 병'이라 해두자.

1936년 그해 태어난 신경림은 훗날 백석과 이용악을 읽으며 시인의 길을 걷게 되고, 1936년 열 살의 박인환은 부모를 따라 인제에서 서울로 이사를 오고, 1936년 스무 살의 윤동주는 정지용을 필사하며 「병아리」(《카톨릭소년》 11월호) 등의 동시를 쓰기도 했다. 박인환의 경우, 스무 해가 훌쩍 지난 1956년, 아직 전흔이 가시지 않은 명동 거리 술집에서 「세월이 가면」을 즉흥적으로서 쓴다. 여기에 이진섭이 곡을 붙이고 나애심과 임만섭이 노래하면서 명동 상송으로 사랑받게 된다. 이상을 좋아했던 박인환이 이상 추모의 밤 행사를 준비하면서 연일 폭음을 하다가 끝내 깨어나지 못한 것도 그즈음의 일이다.

1936년의 아름다운 시를 더듬어 보는 이 시간, "사랑은 가고 옛날은 남는 것"(〈세월이 가면〉, 박인희 노래)이라는 내 안의 노래를 내 귀가 듣고 있다.

시간을 이겨낸 〈감자 먹는 사람들〉

미치고 싶으나 미칠 수 없는 세계

고흐에 미친 사람、이생진・정희성

고흐,

그 시작과 끝

고흐 그림을 보면 평범치 않은 붓 자국에 마음이 몹시 쏠린다. 소용
돌이치는 별밤의 모습이라든지, 과장되게 뒤틀린 사이프러스 나무
라든지, 자화상의 날카로우면서도 쓸쓸해 보이는 눈매라든지 하는
것이 그림 반대편 사람에게 말을 걸어온다. 나만 그런 건 아닌 모양
이다. 어떤 이는 고흐가 그냥 좋단다. 그냥 좋은 게 정말 좋은 거라
고 말을 하면서도 제 나름의 '그냥'을 어떤 식으로든 풀어서 시로,
소설로 형상화하는 작업도 꽤 많이들 한다. 고흐의 그림에서 시상
을 얻으면서도 세상살이의 부침 혹은 자의식의 변화와 결부시켜
완성된 시는, 하나의 그림을 두고도 다양한 이야깃거리가 있는 줄
을 알게 한다.

 고흐 관련된 시 작품을 살피면서 고흐가 이후의 작가들에게
어떤 영향을 주었는지, 혹은 작가들이 고흐를 어떻게 받아들였는

지를 살피는 것도 분명 재미난 일거리다. 당신도 나만큼이나 고흐를 좋아할 테니 재밋거리라는 표현에 공감할 줄 안다.

지금은 가장 위대한 예술가의 반열에 고흐가 있다는 걸 아무도 부인하지 않겠지만, 그는 생전에 그림 한 점을 겨우 팔았을 뿐이다. 그림의 가치를 평가받지 못한 오랜 외로움에서 극적인 반전이 가능했던 이유도 결국 그림이긴 하다. 색채의 표현력과 그 안에 담긴 고흐의 열정과 진정성이 주목받기 시작했고, 그가 남긴 900여 통의 편지가 삶과 그림에 대한 성실한 기록이 되어 고흐의 가치를 증명해주었다. 고흐가 의도했던 바는 아니었지만 고흐의 편지는 그의 생과 그림을 왜곡 없이 보여주는 창과 같은 구실을 하고 있다(이 글에서 인용할 고흐의 편지는 박홍규 작가가 엮은 『세상에서 가장 아름다운 편지』를 바탕으로 했다).

이 글에서는 고흐의 시작과 끝에 관련된 작품, 그리고 시작과 끝을 관통하는 주제와 관련된 시 한 편에 대해서 이야기하고 싶다.

시간을 이겨낸
〈감자 먹는
사람들〉

고흐가 스스로 밝힌, 습작 시절과 구별되는 자신의 시작점이라고 밝힌 그림은 〈감자 먹는 사람들〉(1885)이다. "나는 램프의 불빛 아래에서 감자를 먹고 있는 이 사람들이 접시의 감자를 먹는 그 손으로 대지를 팠다는 점을 보여주려 했어. 따라서 그 그림은 손노동을 보여주는 것이고, 그들은 자신들이 양식을 정직하게 얻었음을 보여주는 것이지"(1885년 4월 30일경)라며 자신의 그림이 농민의 생활을 세련되게 그리거나 향수를 자극하는 방식에서 벗어나 있음을 말한다. 밀레의 영향이 컸다고는 하지만 농촌의 보잘것없는 일상, 소외된 사람들의 모습에 깊은 애정을 느낀 것은, 그다지 내세울 게 없었던 고흐의 출신과도 무관해 보이지 않는다. 고흐는 자신이 만났던 사람, 그림, 책 등을 통해 자신의 양식을 쌓는 데 열심이었으며, 특히 독서와 그림에 대한 진지한 탐구는 죽을 때까지 멈추지 않았다.

"언젠가는 이 그림이 진정한 농촌 그림이라는 평가를 받게 될 거야. 나는 그런 그림이라고 확신해"라고 할 만큼 고흐는 〈감자 먹는 사람들〉에 대한 기대를 가졌고 사후에 기대 이상의 사랑을 받았지만, 당시의 평은 우호적이지 않았다. 미치광이 그림이라는 세잔의 평이 있었듯이 그의 그림은 지나치게 어두웠고, 궁기가 흐르는 인물들의 얼굴에서 아름다움을 발견하기란 어려웠다. 고흐는 같은 편지에서 그림에 대한 이와 같은 편견을 미리 걱정한 듯 "예술과 인생을 진지하게 생각하는 사람들에게 진지하게 생각할 내용을 부여하는 그림을 그리려 노력하지 않는다면, 나로서는 스스로를 비난할 수밖에 없어"라며 부언하기도 했다.

고흐, 〈감자 먹는 사람들〉(1885, 암스테르담 반 고흐 미술관 소장)

농민의 삶을 그린 밀레를 따르고자 했던 고흐. 마침내 농민의
있는 그대로의 삶을 진정성 있게 드러내게 되었다고 흥분했던
작품이지만 주위 악평에 상처를 받는다. 어두운 색조인 것을
감안하고 그림자의 푸른색에 생기가 도는 것까지 신경 쓰면서,
액자만큼은 황금색으로 하기를 동생 테오에게 당부한다.

고흐 입장에서는 너무 늦은 감이 있었지만 결국 시간은 고흐 편이었다. 〈감자 먹는 사람들〉에서 영감을 얻은 작가들의 작품이 오늘도 계속 이어지고 있으니.

식구들은 둘러앉아

삶은 감자를 말없이 먹었다

신발의 진흙도 털지 않은 채

흐린 불빛 속에서

늘 저녁을 그렇게 때웠다

저녁 식탁이

누구의 손 하나가 잘못 놓여도

삐걱거렸다

다만 셋째 형만이

언제고 떠날 기회를 노리고 있었다

아무 말도 하지 않았다

고된 나날이었다

잠만은 편하게 잤다

잘 삶아진 굵은 감자알들처럼

마디 굵은 우리 식구들의 손처럼

서걱서걱 흙을 파고 나가는

삽질 소리들을 꿈속에서도 들었다

누구나 삽질을 잘하는 것은 아니다

우리는 타고난 사람들이었다

맛있는 잠! 잠에는

막힘이 없었다

새벽에는

빗줄기가 조금 창문을 두드렸다

제일 부드러웠다

새싹들이 돋고 있으리라 믿었다

오늘은 하루쯤 쉬어도 되리라

식구들은

목욕탕엘 가고 싶었다

― 정진규, 「추억」 전문

이 시는 그림 〈감자 먹는 사람들〉처럼 흐린 불빛의 저녁 식탁
에 둘러앉은 식구에 대한 이야기다. 하루의 노동이 끝났으나 아직
몸의 피로가 남아 있는 시간, 끼니로 나온 "삶은 감자"로 시장기를
달랜다.

그림과 시를 함께 아우를 수 있는 밑바탕은 가난과 휴식이다.
낮에는 힘들게 노동했지만 저녁에는 다숩게 모여 앉아 감자알을

나누는 정이 있다. 하지만 낮의 노동은 밤으로 이어져 꿈에서도 삽질 소리를 듣는다. 한시도 노동으로부터 자유롭지 않은 가운데 "맛있는 잠"은 그야말로 피곤에 절어 얻은 것이니 여유 있는 자의 단잠은 아니다.

시인은 노동을 존중하지만 그렇다고 해서 감자 먹는 사람들과 그들의 노동을 찬양하는 억지는 부리지 않는다. 노동이 아름다울 수 있으려면 그만한 보상과 휴식이 따라야 하는 건 불문가지다. "셋째 형"이 떠날 생각을 하는 것은 꿈을 좋아가는 이유도 있겠지만 현재 상황에서 자신의 노동이 충분히 존중받지 못한 이유도 있을 것이다. 셋째 형은 도시 노동자로 편입되어 훗날, 시인과 같이 글 쓰는 노동자가 될 것 같은 예감도 든다.

고단한 식구들은 비를 핑계로 "하루쯤 쉬어" 가는 여유를 바라고, 이다음의 "새싹"들은 더 좋은 환경에서 자랄 수 있기를 바라는데, 여기서 고흐의 편지 한 구절이 흥미롭게 읽힌다. 고흐는 그림을 그리는 데 장애가 되는 요소를 '벽'으로 비유하면서, "아무리 두드려도 부서지지 않는 그 벽을 우리는 어떻게 통과할 수 있을까? 내 생각에는 서서히 인내심을 가지고 삽질을 해서 그 벽을 파내는 수밖에 없을 것 같아"(1882년 10월 22일)라고 했다. 물론 편지의 '삽질'은 추상적인 의미로 쓰였지만 화가나 시인은 결국 삽질하는 사람이다. 얼마나 열심히, 얼마나 깊이 팠는가가 "새싹"의 운명을 바꾸어놓으니 말이다. 먼 미래를 그리지 않더라도 당장의 삽질은 하루의 양식이 될 수 있고, 최소한 노동하는 인간으로서의 자존심을 지니게 한다. 시인이 직접 표현하지는 않았지만 노동을 존중하지 않는, 노동을 착취하는 모든 행태의 '벽'에 대해서 삽날을 먹이는 마음이 이 시의 뿌리라고 믿고 싶다.

〈감자 먹는 사람들〉에서 모티브를 취한 같은 제목의 또 다른 시도 있다. 김선우 시인은 "어릴 적 질리도록 먹은 건 싫어하게 된다더니, 감자 삶는 냄새/ 이것은,/ 치명적인 그리움"(「감자 먹는 사람들」, 『도화 아래 잠들다』)이라며 유년의 가난과 그 시절의 어머니에 대한 진한 그리움을 이야기한 바 있다. 나 역시, 졸시 "벽에 걸린, 감자 먹는 사람들,/ 고흐가 아니냐고 물었더니/ 대뜸, 고향집 그림이란다/ 허기진 하루를 찐 감자로 달래며/ 옥수수 물을 나누어 마시던 사람들 속에/ 저도 있었단다"(「감자 먹는 사람들」, 『엉덩이에 대한 명상』)며 탈북 주민의 아픔을 담은 시를 쓴 바 있다. 이처럼 원작이 장르를 바꾸어가며 꾸준하게 재창작되는 것은 오리지널이 갖고 있는 힘이 지금까지 강하게 작용하고 있다는 뜻이다.

〈감자 먹는 사람들〉 이후 고흐의 색채 탐구는 진지하면서도 의욕적으로 이어졌다. "충분히 연습을 못했기 때문에 지금 나는 색을 매우 고통스럽게 칠하고 있어. 나는 오랫동안 망설이면서 색채의 생명을 찾기 위해 노력하고 있어. 그러나 이는 시간문제이자 연습 문제야. 터치를 더욱더 정확하게 하려면 달라붙어 계속 노력해야 해"(1886년 1월 28일경)라는 편지 구절처럼 색채에 대한 집요한 공부와 연습이 이어졌고, 나중에는 자신이 접하는 하늘과 땅, 사물을 다 색으로 받아들이고 있음을 그의 편지 여러 군데에서 확인할 수 있다. 이런 노력의 결과로 고흐는 아를 시절을 거치면서 강렬한 원색을 자유롭게 사용하는 완숙기를 맞이하게 되고, 생 레미 시절에 이르러서는 폭풍과 고요를 오가는 내면과 소용돌이치는 풍경을 자유자재한 터치로 그려내게 된다.

미치고
싶으나 미칠 수
없는 세계

그러면 고흐가 죽기 직전에 그렸다는 몇몇 작품 중에 노란색과 검은색이 유난하게 쓰인 〈까마귀가 나는 밀밭〉(1890)을 보자. 고흐는 프랑스 남쪽 생 레미에서 몇 번의 발작을 일으킨 후 북쪽의 오베르로 옮겨와 안정을 찾으며 마지막 두 달을 보냈는데, 바로 그 시기에 그린 그림이다.

　〈까마귀가 나는 밀밭〉은 그 어두운 느낌으로 인해 고흐의 자살과 관련지어 많이 언급되는 작품이지만, 고흐는 "불안한 하늘 아래 펼쳐진 거대한 밀밭이야. 나는 명료한 정신으로 극도의 슬픔과 고독을 표현하고자 노력했"다고 밝히며, 어느 정도 작품의 성과에 대해서도 자신하는 듯한 편지를 썼다.

윤오월 밑그림은 늘, 눅눅한 먹빛이다
노란 물감 풀린 들녘 이랑마다 눈부신데
그 많던 사이프러스 다 어디로 가 버렸나

소리가 죽은 귀엔 바람조차 머물지 않고
갸웃한 이젤 틈에 이따금 걸리는 햇살
더께 진 무채색 삶은 덧칠로도 감출 수 없네

폭풍이 오려는가, 무겁게 드리운 하늘
까마귀도 버거운지 몸 낮춰 날고 있다
화판 속 길은 세 줄기, 또 발목이 저려온다

모든 것이 떠나든 남든 내겐 아직 붓이 있고
하늘갓 지평 끝에 흰 구름 막을 걷을 때
비로소 소실점 너머 한뉘가 새로 열린다
— 임채성, 「까마귀가 나는 밀밭 – 오베르에서 보내온 고흐의 편지」[2]
전문

이 시는 내용이 비교적 고흐의 그림에 충실한 가운데 자신의

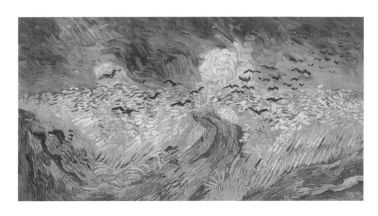

고흐, 〈까마귀가 나는 밀밭〉(1890, 암스테르담 반 고흐 미술관 소장)

밀밭 앞으로 또 밀밭 사이로 세 갈래 길이 놓여 있지만
고흐가 걸어가야 할 길은 더는 없었던 것일까. 길은 연속적으로
그은 사선으로 속도감을 더하지만 그 속도의 끝은 막다른 데를
예비하고 있는 듯하다.

지향점을 슬쩍 내비치고 있다. 그림을 보면 밀밭과 어울리던 사이프러스 나무의 암녹색이 보이지 않는 대신, 노란 밀밭과 어두워오는 남청색 하늘이 보색대비를 이루고 있다. 그런 중에 "더께 진 무채색 삶"은 자기 삶에 제대로 된 색을 입히지 못한 화가의 곤고한 처지를 암시한다.

하지만 덧칠을 더할수록 화면은 폭풍을 예감하듯 거칠어지기 시작한다. 밀밭이 사나운 파도처럼 일어서서 시위하고, 그 위로 까마귀 떼가 난다. 그림 속 까마귀는 밀밭 저편으로 사라지는 듯도 하고 이쪽을 배회하는 듯도 한데, 고흐의 자살과 함께 죽음의 상징으로 받아들이는 편이다. 그러나 시인은 이런 불길한 조짐이나 죽음 대신 뜻밖에도 "붓"에 의지해 "소실점 너머 한뉘(한평생)"라는 희망을 읽는다. 물론 그 희망이란 것은 한 인간이 밀고나갈 수 있는 극한의 지경이자 그 너머와 상통하는 말이긴 하다. 한 인간의 격정이 붓을 통해 드러난 걸 마주할 때면, 지독한 예술혼 그 자체가 희망이며, 예술가란 그 희망에 평생을 거는 존재란 생각이 든다.

그 희망에 대한 비정하고도 가열한 인식이 있어 잠깐 소개한다. 차영호 시인의 "소스라친 고공에는/ 노고지리/ 한 톨// 아아, 그리운 총성"(「자고새가 나는 밀밭」,《푸른시》15호, 2014)이란 표현이 기억난다. 또 고흐에 대한 시를 여러 편 썼던 허만하 시인은 "언어는 피 흘리며/ 보리밭처럼 끓지 않으면/ 안 된다// 격렬한 일몰에/ 나의 두 눈은/ 불타버리지 않으면/ 안 된다"(「고흐의 풍경」,『비는 수직으로 서서 죽는다』)는 퍽이나 인상적인 구절을 남겼다. 이 두 작품은 무엇보다 그림에 대해서 치열했고 치열한 만큼 독창적 작품을 남겼던 인간 고흐에 대한 헌시인 동시에, 그와의 거리를 아파하며 자신의 세계를 더욱 담금질하려는 시인 정신을 담고 있다.

"그리운 총성"이나 언어의 피를 운운한 것도 결국 예술의 진경에 닿으려는 절실한 마음의 자세를 주문한 것이다. 고흐의 〈까마귀가 나는 밀밭〉은 자신의 작품이 온전히 미쳐야 이룰 수 있는 세계임을 역설한 것과 진배없으니 이후의 예술가들의 격한 찬사와 함께 심한 좌절을 동시에 안겨주고 있는 것이다.

고흐에
미친 사람,
이생진 · 정희성

두어 편의 그림과 그와 관련된 시로 고흐를 이해한다는 포즈를 취하는 것은 고흐와 고흐를 사랑하는 이에 대한 예의가 아니다. 최소한 '너도 미쳐라'라고 이야기할 정도면 고흐를 말할 자격이 있을 것이다. 섬에 미친 시인, 이생진은 또한 고흐에 미쳐 시집 한 권을 온전히 고흐 이야기로 채웠다. 그중에서도 한 사내의 생애를 두루 꿰뚫어보는 아래의 시는 단연 압권이다.

고흐에겐 떠나는 사람들뿐이다

다시 돌아오지 않는 사람들

그 틈에 끼어 고흐도 돌아오지 않는다

고흐가 면도로 귀를 잘라

창녀 라셸에게 주고 난 뒤

고갱이 머리를 흔들며 고흐를 떠나고

테오가 눈물을 닦으며 형을 떠나고

시냐크가 우정 어린 손을 흔들며 떠나고

술친구 룰랭이 아내 오귀스틴과 떠나고

경찰이 노란 집에 못을 박아

다시는 고흐가 돌아오지 못하게 하던 아를 마을

마지막으로 떠나지 말아야 할 압생트도 떠난다

고독이 고흐를 끌고 병원으로 들어왔을 때

고흐에게 남은 것은 빈 항아리

고독이 부들부들 떨다가

발작을 일으키고

발작 속에서 분열되는 환청과 환시에

뿌리치는 케이가 보이고

흐느끼는 시엔이 보이고

옹알거리는 빌렘의 유모차가 보이다가
칼을 들고 대드는 괴물에 쫓겨
비명을 지르며 깨어보면
창문에 비친 커다란 정원수
화필을 들어 그리다 지친 눈에
아아 '별이 빛나는 밤'
떠난 것들은 아름답다
— 이생진, 「고흐 곁을 떠나는 사람들」[3] 전문

〈별이 빛나는 밤〉(1889) 그림 앞에 서면, 원화가 아니더라도
한동안 말문을 닫게 된다. 고흐에 감전된 사람일 것 같으면 별무리
의 소용돌이 속으로 빨려들지 않도록 다리에 단단히 힘을 주어야
한다. 생 레미 시절, 정신병원에 있던 고흐가 전력을 다해 그렸을
그림이고, 그의 전 생애가 함축된 그림이다. 이 외롭고 아름다운 세
계가 가능했던 건, 고흐 곁을 "떠나는 사람들"에 기인한 바 크다는
게 시인의 생각이다.

고흐가 사랑했던 가족, 친구, 연인이 하나같이 고흐로부터
상처를 받았고, 또한 고흐 자신도 그 이상의 고통을 받았다. 특
히 목사였던 아버지와 싸우고 화해하는 과정을 되풀이하는 가운
데, "나는 자신이 너와 식구들에게 귀찮은 존재가 되거나, 식구들
을 곤란하게 하거나, 아무런 도움이 되지 않는다고 믿을 수밖에 없

고흐, 〈별이 빛나는 밤〉(1889, 뉴욕 현대미술관 소장)

알랭 드 보통은 『여행의 기술』에서 "오스카 와일드는 휘슬러가 안개를
그리기 전에 런던에는 안개가 없었다는 말을 했다. 마찬가지로
반 고흐가 사이프러스를 그리기 전에 프로방스에는 사이프러스가 거의
눈에 띄지 않았다고 말할 수도 있다"는 인상적인 말을 남긴 바 있다.
사뭇 비틀리며 오르는 사이프러스, 소용돌이치는 밤하늘의 별에서
고흐의 정신 발작이나 광기를 연결시키기도 하지만, 그의 지극히
이성적인 편지 내용을 보면 사이프러스에서도 남이 보지 못한 것을
발견하고 그걸 색채로 표현하기 위해 고심했던 흔적을 어렵지 않게
만날 수 있다.

다면, 게다가 내가 침입자나 불필요한 존재라고 느껴 없어지는 편이 낫다고 생각될 정도라면 […] 우리 사이에 그리고 우리 집에 나로 인해 그토록 불화와 고통과 슬픔이 많이 있다고 생각하면 더욱더 참기 어려워. 정말 그렇다면, 나는 더 이상 살고 싶지도 않구나"(1879년 8월)라는 언급에서 가족 사이 갈등의 골이 깊이 패였음을 알 수 있다.

고흐는 하숙집 주인 딸에게 연정을 품었으나 다른 사람에게 그 사랑을 빼앗겼다. 그 후 고흐는 자기감정에 더 솔직해지려고 했으나 하필이면 결혼 상대자로 간절하게 원했던 사람은 과부가 된 사촌누이 "케이"였다. 집안의 반대에 직면하면서 케이의 마음을 돌리지 못했고, 뒤이어 위안을 얻고 결혼을 작정한 "시엔"은 몸을 파는 여성이었으니 가족 간의 불화는 더욱 깊어졌다. 생계 문제로 시엔도 떠나고, 마음을 주었던 "고갱"마저 크게 다툰 후 아를의 노란 집에서 짐을 싸서 나갔다. 이후 마르그리트와의 애정은 주치의이기도 한 가셰의 반대에 부딪혀 결실하지 못한다.

고흐의 편지 상대이며 생활비와 물감과 종이를 댔던 동생 테오야말로 고흐에겐 아버지 대신이었고, 친구 대신이었고, 연인 대신이었다. 그러나 테오 역시 형에게 지친 내색을 할 때가 있었고, 나중엔 자신의 생업이었던 화상 일을 그만둘지도 모른다는 불안을 고흐에게 전가시키고 말았다.

이와 같이 "떠나는 사람들"과 "돌아오지 않는 사람들" 속에 실연의 고통과 인정받지 못한 아픔은 고흐의 내면을 점점 어둡게 했다. 고흐에게 소중한 것은 떠났거나, 떠날 준비를 하거나, 먼 데 있거나, 아슬하거나 불안하다. 그런데 왜, 시인은 "떠난 것들은 아름답다"고 한 걸까. 시대와의 불화, 주변의 몰이해 속에서 고독과 상처가 깊어지고 내면의 자의식이 힘겹게 바깥으로 소리쳐 나왔을 텐데, 그게 "아름답다"고 얘기할 수밖에 없는 고흐의 예술이라고 말해도 좋지 않을까.

인간 고흐는 가고 없어도 우상이 된 고흐와 그의 그림은, 그가 그렸던 별빛 이상으로 빛을 발하고 있다. 이제 고흐는 끝없는 이야기로 남았으되, 천재에게 미친 사람들 또는 미치지 못해서 미칠 것 같은 사람들의 이야기가 있어 이것으로 끝을 대신할까 한다. 평범한, 그래서 다행이기도 하고 불운하기도 한 당신 혹은 나의 자화상을 어쩌면 떠올리게 될지도 모른다.

어느 천재 시인이 일필휘지로
하루저녁에 휘갈겨 쓴 시집 한 권을
읽고 읽고 또 소리 내 읽는다
귀신 씻나락 까먹는 소리로
석 달 열흘이 걸려서야 다 읽었다
이 귀신이 필경

내가 미치는 꼴을 보고 싶겠지

낯선 거울 앞에서 나도

귀를 잘라버리고 싶다

— 정희성,「자화상」[4] 전문

삶의 모서리에 치일 때 국숫집으로
아배 앞에는 왕 사발, 아들 앞에는 새끼 사발
목이 긴 그리움
한 푼어치 평화를 의심하다
숙맥끼리 나누는 퉁퉁 불은 국수
텅 빈 국숫집을 거드는 마음

맛있는

국수 이야기

소싯적에 라면을 좋아했고 지금도 그러하지만, 밖에서 먹기엔 국수가 더 편하고 더 끌린다. 멸치 우린 육수에 오이나 볶은 김치를 얹은 잔치국수도 좋고, 김이나 호박채에 다진 고기까지 곁들인 칼국수라면 더욱 좋다. 잡어에 고추장으로 맛을 낸 어탕국수에도 입맛이 돈다. 국수와 함께 내놓은 풋고추와 된장, 보리밥 한 술이면 더없이 넉넉해지기도 한다.

　　국수에 관한 다큐를 제작한 바 있는 이욱정 피디는 국수가 동서양을 넘나들며 오랫동안 사랑받을 수 있었던 이유를, "어떤 식재료와도 잘 어울리는 적응성, 빨리 조리할 수 있고 먹을 수 있는 신속함, 보존과 휴대가 가능한 휴대성, 차별화된 디자인과 식감이 갖는 유니크한 감성" 때문이라고 정리한 바 있다. 여기에 국수의 매력을 더 꼽는다면, 국수는 집에서든 밖에서든 부담 없이 먹을 수 있는 데다 대개 편안한 사람들과 머리 맞대고 먹게 마련이어서 뒷맛이 개운하다는 점을 들고 싶다. 국수에 일가견 있는 사람은 혼자 먹어도 좋은 게 국수라고 조금도 주저하지 않고 말할 텐데, 국수 마니아의 시편들을 통해서 이를 확인하게 되리라 믿는다.

삶의
모서리에 치일 때
국숫집으로

맛있는 음식을 두고 맨입으로 깔깔하게 서 있자면 그건 고문에 가까울 것이다. 하지만 어떤 경지에 이르면 남 먹는 것만 봐도 흐뭇하다고 하지 않는가. 내겐 국수 먹는 사람의 모습이 그렇다. 내가 먹어도 좋고 남이 먹는 것을 보아도 좋고, 이런 맛나는 국수에 대해서 진작 시 한 편 쓰고 싶었지만 그러지 못했다. 절경은 시가 되지 않는다고 하더니 지나치게 좋아해도 시가 되지 않는가 보다. 시를 쓰지 못할 바엔 국수에 관한 남의 시라도 열심히 읽어서 국수를 좋아하는 자의 최소한의 도리를 해야겠다는 마음으로 이 글을 쓴다. 국수 이야기, 그 시작은 '국수가 먹고 싶다'다.

국수가 먹고 싶다

사는 일은
밥처럼 물리지 않는 것이라지만
때로는 허름한 식당에서
어머니 같은 여자가 끓여주는
국수가 먹고 싶다

삶의 모서리에 마음을 다치고
길거리에 나서면
고향 장거리 길로
소 팔고 돌아오듯
뒷모습이 허전한 사람들과
국수가 먹고 싶다

세상은 큰 잔칫집 같아도
어느 곳에선가
늘 울고 싶은 사람들이 있어
마을의 문들은 닫히고
어둠이 허기 같은 저녁
눈물자국 때문에
속이 훤히 들여다보이는 사람들과
따뜻한 국수가 먹고 싶다

— 이상국, 「국수가 먹고 싶다」[1] 전문

"사는 일은" 밥을 먹는 일이기도 하다. 반복되는 일상 속에 어제와 다른 기척이 있고, 새롭게 시작되는 사건의 전조가 있고, 그래서 설레기도 하고 불안하기도 한 현재가 있다. 이런 현실을 견디듯 소화하듯 밥을 먹어야 하지만 시인은 한번쯤 국수가 먹고 싶단다. 국수는 잔칫집에서 예제없이 내놓는 음식이면서도 동시에 어느 잔치에도 초대받지 못한 축끼리 한 젓가락 쓱 말아도 그만인, 가난한 날의 먹거리이기도 하다. 어느 쪽이든 국수엔 현실의 고단함을 감싸고 위로하는 온기가 있다. "삶의 모서리에 마음을 다치고" 국숫집을 찾는 이유가 있는 거다.

세상살이는 그 자체로 모서리다. 의욕적으로 열심히 산다는 것이 다른 사람을 불편하게 만들기도 하고, 반대로 아무것도 하지 않는다거나 제대로 일을 하지 못하여 비난과 눈총을 받기도 한다. 네 편 내 편 따지고 유불리를 계산하고 서로의 속내를 감추고 저울질하는 세상을 아슬아슬 건널 때가 적잖다. 암만 경계를 하더라도 모서리는 삶의 도처로 불쑥 들어와 생채기를 내거나 무릎을 꺾게 만드는 것이다. 시인은 그럴 때 국숫집에 가고 싶단다. 거기 마주앉은 치들은 강파른 세상살이에 상처 입고, 그걸 세상에 되갚지도 못하는 성정을 갖고 있다. 눈물자국 내고 상처를 감추는 데도 서툴러 "속이 훤히 들여다보이는 사람들"이다. 이런 사람들과 함께 나누어

먹는 국수야말로 자신의 속과 이웃의 속을 다 같이 따뜻하게 풀어
줄 수 있다. 때마침 국숫집 주인이 할매같이 엄마같이 정을 내어 맛
을 돋운다면 마지막 국물 한 모금까지 달게 마시게 될 것이다.

아배 앞에는
왕 사발, 아들 앞에는
새끼 사발

국수가 조금 좋아지기 시작했다면, 국수에 대해서 좀 더 알고 싶어
졌다면 백석을 만나자. 그는 오래전 국수에 대한, 국수를 위한, 쫄깃
한 면발처럼 감기는 기막힌 시 한 편을 빚은 바 있다.

눈이 많이 와서

산엣새가 벌로 나려 멕이고

눈구덩이에 토끼가 더러 빠지기도 하면

마을에는 그 무슨 반가운 것이 오는가 보다.

한가한 애동들은 어둡도록 꿩사냥을 하고

가난한 엄매는 밤중에 김치가재미로 가고

마을을 구수한 즐거움에 싸서 은근하니 흥성흥성 들뜨게 하며

이것은 오는 것이다.

이것은 어느 양지귀 혹은 능달쪽 외따른 산 옆 은댕이 예데가리 밭
에서

하룻밤 뽀오얀 흰 김 속에 접시귀 소기름불이 뿌우연 부엌에

산멍에 같은 분틀을 타고 오는 것이다.

이것은 아득한 옛날 한가하고 즐겁던 세월로부터

실 같은 봄비 속을 타는 듯한 여름 볕 속을 지나서 들쿠레한 구시월
갈바람 속을 지나서

대대로 나며 죽으며 죽으며 나며 하는 이 마을 사람들의 의젓한 마
음을 지나서 텁텁한 꿈을 지나서

지붕에 마당에 우물 둔덩에 함박눈이 푹푹 쌓이는 여느 하룻밤

아배 앞에 그 어린 아들 앞에 아배 앞에는 왕사발에 아들 앞에는 새
끼사발에 그득히 사리워오는 것이다.

이것은 그 곰의 잔등에 업혀서 길러났다는 먼 옛적 큰마니가

또 그 집등색이에 서서 자채기를 하면 산 넘엣 마을까지 들렸다는

먼 옛적 큰아버지가 오는 것같이 오는 것이다.

아, 이 반가운 것은 무엇인가.

이 히수무레하고 부드럽고 수수하고 슴슴한 것은 무엇인가.

겨울밤 쩡하니 닉은 동치미국을 좋아하고 얼얼한 댕추가루를 좋아
하고 싱싱한 산꿩의 고기를 좋아하고

그리고 담배 내음새 탄수 내음새 또 수육을 삶는 육수국 내음새 자

욱한 더북한 삿방 쩔쩔 끓는 아르굳을 좋아하는 이것은 무엇인가.

이 조용한 마을과 이 마을의 의젓한 사람들과 살뜰하니 친한 것은
무엇인가.
이 그지없이 고담(枯淡)하고 소박한 것은 무엇인가.
― 백석, 「국수」² 전문

시구 어디에도 국수라는 단어는 보이지 않지만 시 전체가 국
수에 대한 이야기다. 시에 반복적으로 등장하는 '이것', '반가운 것'
의 정체는 국수다. "대대로 나며 죽으며 죽으며 나며 하는 이 마을
사람들"의 유장한 역사처럼 국수의 면발은 길다. 그런 국수가 "아
배 앞에는 왕사발에 아들 앞에는 새끼사발에 그득히 사리워오는"
모습이란 여간 정다운 게 아니다. 세상에서 가장 편안한 장소인 아
르굳(아랫목)에서, 육친끼리 머리 맞대고 먹는 국수가 어떤 성찬보
다 풍성해 보이는 것이다.

백석의 국수엔 마을 공동체에 대한 추억과 가족에 대한 유대
가 담겨 있어 더욱 맛이 난다. 게다가 현재형 문장으로 독자에게도
국수를 준비하거나 국수를 먹는 어느 지점에 다가앉게 함으로써
국수에 대한 감칠맛을 돋운다. 하지만 이 시를 현재의 풍경이라고
말하긴 어렵다. "이것은 무엇인가" "친한 것은 무엇인가" "소박한
것은 무엇인가"라며 감탄조의 의문형으로 거듭 물어오는 데서 잃

국수틀(국립민속박물관 소재)

백석의 시에 "산멍에 같은 분틀"을 타고 국수가 온다고 되어
있는데, 나무 생김새에 따라서는 산멍에(이무기)처럼 보이기도
했을 것이다.

어버린 추억을 환기하는 느낌을 받기 때문이다. 마을의 과거와 현재, 정든 사람과 자연을 국수에 불러와 버무리는 솜씨는 근래의 「위대한 식사」(이재무, 2002)에도 나타난다. "마당가 매캐한 모깃불이 피어오르는/ 다 늦은 저녁 멍석 위 둥근 밥상"에 식구와 밤새 울음과 풀벌레 울음과 달의 숨소리까지 불러오는 상상력이 그것이다. 이재무는 한 끼 식사에 지나지 않을 음식, 보잘것없는 밥상과 반찬을 지상 최고의 음식으로 바꾸어놓았는데, 그 뿌리는 백석에 닿아 있다고 말해도 좋을 것이다.

목이
긴
그리움

「국수」는 고향을 떠난 백석이 서울에서도 함흥에서도 그 어디에서도 정착하지 못하고 만주에서도 다시 떠날 생각을 할 즈음에 썼던 시로 보인다. 어쩌면 매가리 없이 혼자 앉아 고무줄 같은 국수를 먹어본 사람이야말로 거꾸로 국수의 융숭한 맛을 말할 자격이 생기는지 모른다. 아래 윤관영의 시에서 그런 느낌을 받았다.

혼자 먹어도 좋은 게 국수다

모딜리아니, 〈잔느의 초상〉(1917, 개인소장)
가난에 시달렸던 모딜리아니가 밀린 밥값을
그림으로 대신하려다 그림에 국수 가락을 맞았다는
얘기는 사실 여부를 떠나 눈물이 난다.
그림 속 잔느는 무표정하다. 이듬해 모딜리아니의
죽음 이후, 잔느는 만삭으로 배 속의 아이와 함께
투신하고 만다.

상심한 사람들은 국숫집에 간다 불려, 국수를 먹는다 울기를 국수
처럼 운다 한 가닥 국수의 무게를 다 울어야 먹는 게 끝난다 사랑할 땐
국수가 불어터져도 상관없지만 이별할 땐 불려서 먹는다 국수 대접에
대고 제 얼굴을 보는, 조심히 들어올려진 면발처럼 어깨가 흔들린다
목이 젓가락처럼 긴 사람들, 국수를 좋아한다 국수 같은 사랑을 한다
각각인 젓가락이 국수에 돌돌 말려 하나가 되듯 양념국수를 마는 입들
은 입맞춤을 닮았다 멸치국수를 먹다가 애인이 먹는 비빔국수를 매지
매지 말기도 하고, 섞어서 먹는다 불거나 말거나 할 말은 사리처럼 길
고 바라보는 눈길은 면발처럼 엉켜 있다 막 시작한 사랑은 방금 삶은
면과 같아서 가위를 대야 할 정도의 탄력을 갖는다 국수는 그래서 잔
치국수다 (라면을 먹는 사람들도 있다)
　　사람들은 사랑이 곱빼기인 사람들은 국숫집에 간다 손가락이 젓가
락처럼 긴 사람들,
　　국수는 젓가락을 내려놓았을 때서야 그 빈 그릇이 빛난다
　　　― 윤관영, 「국숫집에 가는 사람들」[3] 전문

　　"상심한 사람들"은 국숫집에 앉아 "한 가닥 국수의 무게를 다
울어야" 한다. 아마 '무게' 대신 '길이'가 사실에 가까운 표현이 되겠
지만, 상심한 사람들이 감당해야 할 슬픔의 크기를 생각하면 '무게'
란 표현으로 이를 수밖에 없었겠다. "면발처럼 어깨가 흔들린" 그
들은 또한 모딜리아니 그림처럼 "목이 젓가락처럼 긴 사람들"이다

(아! 앞의 '국수'를 요리한 백석도 목이 참 길었구나). 모딜리아니가 잔느를 생각하듯, 잔느가 모딜리아니를 생각하듯, 백석이 나타샤를 생각하듯 길게 늘인 목에서 늘컹거리는 슬픔이 도사리고 있다.

오랜 기다림과 끝없는 외로움이 긴 목에서 풍겨져 나오지만 시인은 국수의 이미지를 이렇게 못 박아두긴 싫은 모양이다. 방금 시작한 사랑처럼 탄력을 갖는 것도 국수란다. 상심한 사람들뿐만 아니라 "사랑이 곱빼기인 사람들"도 잔치 같은 삶을 위하여 국숫집을 간다는 것이다.

더 큰 반전은 "국수는 젓가락을 내려놓았을 때서야 그 빈 그릇이 빛난다"는 결구에 있다. 국수 먹다가 도통하기라도 한 걸까. 사랑이든 결별이든 그로 인해 천장과 바닥을 오가는 마음이든, 그걸 "내려놓았을 때" 비로소 "빈 그릇"의 맑고 빛나는 그윽한 경지를 꿈꿀 수 있다. 절묘한 시 한 수를 뽑는 것도 국수사리에서 영혼의 사리를 건져 올리는 작업과 같지 않을까 싶다.

한 푼어치
평화를
의심하다

소문난 국숫집마다 사용하는 재료도 다르고 맛도 다르다. 어떤 집은 얼얼하거나 칼칼한가 하면 또 어떤 집은 담백하거나 개운하다. 끝 맛이 오래 남아 속을 알맞춤하게 데우는 국수도 좋다 싶은데, 우 대식 시인이 사북 언저리에서 먹었다는 칼국수가 꼭 그런 맛을 낼 것 같다(「태백에서 칼국수를 먹다」[4], 여기서는 시 전문 인용은 생략한다). 시인 이 처음 이곳을 찾았을 때는 한겨울에 냉이가 든 칼국수를 먹었고, 나중에 갔을 때는 후춧가루를 듬뿍 친 칼국수를 먹었단다. 각각의 칼국수 맛과 마찬가지로 시의 맛을 상상하며 시집을 찾아 읽으면 좋겠다.

시인이 찾았다는 태백·사북 지역은 영동선이 지나고 태백선 이 닿는 곳으로, 탄광 지대로 이름이 높았다. 돈이 돌고 사람이 모 여드는 호황기를 누렸지만 그곳 노동자들의 삶은 열악했다. 폭발 사고와 갱 붕괴로 인한 인명 피해가 잦은 데다 열심히 일하고도 최 저생계비에 미치지 못하는 임금을 받았고, 노동자의 상당수는 진 폐증으로 이중의 고통을 받아야 했다. 갱도의 막다른 곳을 일컫는 '막장'은, 인생의 가장 험하고 막돼먹은 상황을 비유하는 단어가 되 어 지금도 그 힘을 잃지 않고 있다.

그래서일까. 시인은 '사북으로 간다'고 말하는 것이 자신의 모 든 삶을 유폐시키고 싶다는 욕망과 같은 것이었음을 고백한다. 어 떤 상념에 젖어 왔든지, 어떤 일에 떠밀려 왔든지 젊은 날에 찾은 사북은 〈저당 잡힌 풍경〉(황재형 그림)처럼 황량했으리라. 한겨울 언 덕길은 눈가루와 탄가루와 흙가루가 섞여 희끗희끗했을 테고, 신

황재형, 〈저당 잡힌 풍경〉(1993, 개인소장)

고흐는 탄광촌에 2년여 생활하면서 그 경험을 바탕으로 〈감자 먹는
사람들〉을 그렸고, 고흐를 좋아하는 황재형 화가는 탄광촌으로
살림을 옮기고 광부로 일하기도 하면서 가난에 저당 잡힌 풍경과
사람들을 30년 이상 일관되게 그리고 있다.

발을 방 안에 들여놓아야 할 만큼 추위도 매섭고 시인의 마음도 얼어붙어 있었을 것이다. 그럼에도 가난하고 불우한 한 시절의 풍경을 지나며 고민하고 방황했던 젊음은 그 자체로 의미 있는 시간이다. 이 점이 시인으로 하여금 그때를 되짚게 하는 이유가 된다.

이제 또다시 찾은 사북 언저리, 칼국수 맛이 변했을 수도 있지만 그것보다는 시인의 상황이 예전과 달라졌으리라. 칼국수를 먹으며 시인은 '과연 내 삶은 옳은가'를 묻는다. 이런 고민은 여행이 우리에게 주는 선물 같은 것이기도 하다. 만약 '한 푼어치 평화'에 익숙해져 양심을 저버리거나 그런 위기에 직면한 것이라면, 그때와는 또 다른 이유로 또다시 싸움을 시작해야 할 이유가 생긴 것이다. 눈 내리는 날을 기다려 태백까지 갈 수 없다면, 한적한 동네 식당에 앉아 칼국수 한 그릇에 지난 삶을 돌이켜보자. 약간의 후회 정도는 양념으로 버무려도 좋겠다.

숙맥끼리
나누는 퉁퉁
붇은 국수

국수 먹는 자리엔 바쁜 일상을 쉬어가는 여유와 농담이 있으면 더욱 좋을 테니, 이를 충족시키면서도 동시에 속이 따뜻해지는 국수

이야기를 만나보자.

　신문 지국을 하는 그와 칼국수 한 그릇 할 요량으로 약속 시간 맞춰
국숫집 뒷방 조용한 곳에 자리 잡고 터억하니 두 그릇 든든하게 시켜
놓고 기다렸는데 금방 온다던 사람은 오지 않고 국수는 퉁퉁 불어 떡
이 되도록 제사만 지내고 있는 내 꼴을 때마침 배달 다녀온 그 집 아들
이 보고는 혹 누구누구를 만나러 오지 않았냐고 은근히 물어오길래 고
개를 끄덕였더니만 홀에 한 번 나가보라고는 묘한 미소를 흘리길래 무
슨 일인가 싶어 마당을 지나 홀 안을 빼꼼 들여다보니 아연하게도 낯
익은 화상이 또한 국수를 두 그릇 앞에 두고 자꾸만 시계를 힐끔거리
고 있는 것이 아닌가.
　─ 안상학, 「안동 숙맥 박종규」[5] 전문

　국숫집에서 생긴 짧은 일화 한 토막을 소개했을 뿐이지만 독
자는 등장인물의 일면이 아니라 상당 부분을 눈치챘을 것이다. 몇
번의 크로키로 그 인물에 대해서 핍진하게 잘 그렸기 때문이다. 약
속 시간에 대어 오지 못하는 것을 탓하지 않고 국수 면발이 붇는 것
만 걱정하는 사람, 상대가 미안해할까 봐 전화도 하지 않았을 사람,
따지고 재고 가리는 일에 영 숙맥인 사람…. 그리고 그 사람과 별반
다르지 않은 화자의 모습이 선하게 또 선(善)하게 다가온다.
　국숫집 아들의 "묘한 미소"도 이 시의 재미를 더하는 요소다.

그 미소는 장난기가 묻어 있고 희극미를 유발하지만, 크게 웃거나 조롱하는 것이 아닌 두 사람의 선의를 감싸는 웃음이다. "퉁퉁 불어 떡이" 진 국수를 후루룩 달게 먹었다면, 각박한 세상에 어수룩하고 정다운 이웃들의 모습에서 위로받은 바 크기 때문일 테다.

비싼 요리에는 잘난 사람 옆의 불편한 자리가 따라오기 십상이다. 논밭이나 공사장에서 일하고 난 뒤 참으로 먹는 국수의 맛은 꿀꺽이는 소리만큼이나 맛이 난다. 장터에서 주인인지 손님인지 분간이 안 될 정도로 스스럼없이 빗자루 깔고 앉아 먹는 국수도 그렇게 맛있어 보일 수 없다. 골방 안이든 사과 궤짝 위든 어디든 가리지 않고 숙맥끼리 나누어 먹는 칼국수, 두말없이 내가 꼽는 최고의 음식이다.

텅 빈
국숫집을
거드는 마음

끝으로 숙맥들이 함께 빚은 맛있는 국수 한 입만 더하자. 숙맥들의 약점은 정에 약한 것이고, 이 점이 숙맥들의 치명적 매력인 줄을 아는 사람은 안다.

담양 관방천변 '진우네 국수집'에

손님들 넘쳐 앉을 자리가 없다

'옛날진미국수집'은 텅 비어 있는데

아무도 가려고 하지 않는다

사람 사는 세상을 어쩌고 중얼거리며

우리가 앞장서 빈 국숫집으로 들어간다

강물에 봄 햇살 튀어 눈이 부시다

햇살 비추는 바깥 마루에 자리를 잡자

할 일 없어 진우네 가게를 힐끔거리던

총각이 서둘러 우리를 맞는다

반팔차림 총각의 팔에 새겨진 문신

'Don't stop dreaming'

멸치 국물국수, 열무 비빔국수

삶은 달걀 서너 개 오른 개다리소반에

둥그렇게 둘러앉아 막걸리 한 사발씩 돌린다

누구도 부럽지 않은 점심

왁자지껄 웃음소리에 은근하게

한낮 관방천의 공기가 달아오른다

세상은 저절로 좋아지지 않는다

느닷없이 여름 같은 봄이 온다

— 김완, 「여름 같은 봄이 온다」[6] 전문

잘되는 국숫집과 텅 빈 국숫집 사이에서 시인 일행은 잠깐 고민했을 것이지만 잘되는 집보다 그렇지 않은 집에 마음을 쓰는 순간, 이미 선택은 이루어진 거다. 결과적으로 뱃속 편한 선택이 되었음을 "와자지껄 웃음소리"로 듣는다.

함께 사는 삶을 입으로 떠들어대면서도 실제 선택은 그렇지 못할 때가 왕왕 있다. 물론 가게를 찾아가거나 상품을 고르는 일은 맛, 품질, 서비스 등의 정보를 고려한 당연한 선택일 것이고, 자기 돈 내고 자기 쓰고 먹고 입는 것조차 눈치 봐야 하는가에 대한 의문도 있을 수 있다. 그렇지만 잘 안 팔리는 가게를 한번쯤 걱정해주는 마음과 어쩌다 들러서 그런 가게에도 기회를 주는 게, 부의 독점과 폐해를 줄이면서 이웃과 더불어 사는 윤리라면 너무 거창한가. 시인은 숫제 더 거창하게 나간다. 잘 안 팔리는 국숫집을 찾은 일을 두고 "세상은 저절로 좋아지지 않는다"고 선언해버린 것이다. 일방적으로 배부른 것을 경계하고, 나누면서 커지는 경제학을 실천한 뿌듯함의 표현이 아닐 수 없다.

맛은 기본이면서 기분이다. 잘 안 나가는 것을 거들어주면서 기분 내러 국숫집으로 가자. 그 훈기로 여름 같은 봄이 되면 좀 늘어져도 좋으리라.

가랑비에 젖는 모량역

더 이상 떠나지 마라

모량리의 선후배 시인

간이역 시인, 박해수

왕벚꽃 꽃비 내리는 모량역

시큰한

모량역 이야기

기차역 중에 입소문을 통해서 널리 알려진 곳이 사평역이다. 신춘문예(《중앙일보》, 1981년) 당선작인 곽재구의 「사평역에서」가 꾸준한 사랑을 받으면서 벌어진 일이다. 지도에서 사평역을 찾던 사람은 사평역 자체가 가상의 이름인 줄 뒤늦게 알고 허탈해하기도 했다는 후문이지만, 임철우는 이 시에서 영감을 받아 소설 『사평역』을 썼다. 또 소설 내용이 〈TV문학관〉으로 방영되어 사평역에 대한 호기심이 배가되기도 했는데, 촬영 장소였던 남평역이 실제 사평역의 무대로 잘못 알려지기도 했다. 이후 사평역은 연극으로 공연되기도 하고 노래로 불리기도 하면서 유명세를 계속 이어가고 있다.

뒷날 곽재구는 「사평역에서」를 남광주역을 마음에 두고 썼다고 했으나, 그건 중요한 문제가 아니라고 했다. 어쨌든 막차를 기다리는 고단한 인생에 한줌 톱밥과 불빛을 위로로 기억하는 이가 있

다는 것은, 역이 사라졌어도 시의 수명이 다하지 않았음을 보여주
는 것이다.

현재 남광주역은 역사(驛舍)가 철거되고 없다. 역의 기능을 잃
고 공원으로 바뀌면서 생긴 일이다. 그 남광주역의 반대쪽 동편으
로, 대구 지나고 영천 지나서 또 하나의 폐역이 들판에 고적히 있
는데, 지금 이야기하려고 하는 건천 모량역이다. 경주 못 미처 있는
모량역은 사평역(그게 남평역이든 남광주역이든 간에)만큼 알려진 곳은
아니지만, 박목월 생가에서 지척인 데다 여러 시인들이 이 장소에
서 영감을 얻어 다투어 시를 지어냈기에 알게 모르게 주목을 끄는
곳이다.

가랑비에
젖는
모량역

지금의 모량역(牟梁驛)은 1939년부터 사용하던 모량역(毛良驛) 이름
을 떼고 2001년부터 새로 개명해서 간판을 단 것이다. 아마도『삼
국유사』에도 언급된 모량부를 이어가고 싶은 마음이었을 텐데, 거
꾸로 2007년부터 무정차 역이 되었다가 신설된 고속철의 교차 운
행을 위한 신호장이 될 운명이니 제 뜻대로 안 되는 인생사를 압축

적으로 보여준다.

삼국시대까지 거슬러가는 모량의 운명을 생각하면 현재의 일도 한순간에 지나지 않음을 생각하지 않을 수 없다. 옛적 모량은 잘나가도 한참 잘나가던 마을이었다. 음경이 커서 곤란했던 지증왕이 모량 출신 여인인 연제부인을 만나면서 마을의 전성기가 시작되었을 것이다. 진흥왕, 진평왕 대에 연하여 왕비를 배출했지만, 그 운은 급작스레 꺾인다. 효소왕 시절 화랑인 죽지랑을 모량부 관리인 익선이 푸대접했다가 괘씸죄에 제대로 걸려든 것이다. 그때부터 모량 사람들이 인사에 차별을 받았다고 하니 그 여파가 어디까지 언제까지 얼마큼 미쳤는지 짐작만 해볼 뿐이다.

한때의 영화를 뒤로하고 그 자리에 있는 듯 없는 듯 조용한 모량역이지만, 아주 사라지거나 잊히기 전에 그 역을 근세 사람들이 어떻게 생각하고 어떻게 노래했는지 한 자리에 모아서 읽을 필요를 느낀다. 모량역 이야기, 그 시작은 아무래도 박목월 시인이어야 할 것이다.

옛날 촌역(村驛)에
가랑비 왔다
초롱불 희미한 밤
가랑비 왔다

초롱은 무슨 초롱

하얀 역(驛)초롱

모량역(毛良驛) 세 글자

젖어 뵈는데

옛날 촌역에

가랑비 왔다

초롱불 희미한 밤

가랑비 왔다

— 박목월, 「가랑비」[1] 전문

가랑비에 젖고 있는 옛날 촌역의 이름은 毛良驛(모량역)이다.
시인은 어딘가 다니러 가는 길일 수도 있고, 누군가를 마중하거나
배웅하는 길일 수도 있겠다. 기차는 오지 않았을 수도 있고 방금 떠
났을 수도 있겠으나 시인은 자리를 뜨지 못한 채 감상에 젖어 있다.
"옛날"이란 말을 거듭 쓰는 것으로 보아 모량에 오랜만에 들른 시
인이 과거 어느 시점을 회상하면서 쓴 시로 보인다. 비에 젖는 것이
현재의 옷자락이거나 간판이기도 하겠지만 시인은 이미 과거에 흠
뻑 젖어 있는 눈치다.

"슬픔의 씨를 뿌려놓고 가버린 가시내"(「연륜」)로 기록된, 이웃
집 소녀와의 풋풋하고 쓸쓸했던 연애를 생각했을까. 편지를 주고

박목월 생가와 동상(2015. 6)

모량 생가를 배경으로 한 손에 만년필, 한 손에 원고 뭉치를 든
생전의 시인의 모습을 반가이 마주할 수 있다. 담배와 커피를
유난히 좋아했던 시인인 만큼 담배는 만년필로 대신하더라도 다른
한 손엔 커피 잔을 든 모습도 괜찮았을 것 같다.

받은 끝에 무작정 찾아온 조지훈을 건천역에서 마중하여 경주 곳곳을 떠돌다가 서운하게 이별했을 몇 년 전 일에 생각이 미쳤을까. 특유의 간결한 시어로 쓸쓸한 분위기를 전하지만 한 폭의 수채화 같은 느낌이 비애에 빠져드는 것을 방해한다. 오히려 달콤한 슬픔이라는 낭만성을 환기하는 면도 있다.

후에 시인은 모량에 다시 와서 아버지와 동생이 묻혀 있는 선산에 눈을 주며 "거리에는/ 아는 집보다 모르는 집이 더 많고/ 간혹 낯익은 얼굴은 너무 늙었다"(「산」)며 이전과 다르게 쓸쓸한 소회를 사실적으로 말한다. 애써 낭만을 취하지 않고 수사를 동원하지 않는 데서 더 깊은 연륜이 느껴진다. 고향도 변하고 인정도 변하는데 모량역만 옛 모습 그대로이기를 바라는 건 욕심일지 모른다. 다만 이곳이 고향인 사람이나 시인을 추억하는 이들에겐 가랑비에 젖는 모량역 세 글자가 어떤 배경, 어떤 자세로든 마주하고 싶은 대상일 것이다.

더 이상
떠나지
마라

박목월 이후 모량역을 마주한 시인들 중에 문인수는 시집 『적막 소리』에 모량역 관련 시를 예닐곱 편이나 실었으니, 모량역을 가장 많이 노래한 시인으로 손꼽아도 무리가 없겠다. 「모량역」에서 "모량역은 종일 네모반듯하다"로 시작해서 "기차소리보다/ 아가리가 훨씬 더 큰 적막을/ 다시 또 적적, 막막하게 부어놓는다"라고 했다. 모량역은 종일 있어도 하루에 한두 사람 오가는, 적막이 사는 곳이 되어버렸다. 시인이 연고도 없는 모량을 몇 번이나 찾은 것도 이 적막에 이끌려서일까. 적막을 견디는 "모량역은 단단하다"고 읊었지만, 시인 역시도 적막을 꺼입고 딱 그만큼 단단해 보인다. 하지만 시인은 이 적막 속에서도 소리를 내야만 하는 존재다. 여기에 시집에 있던 또 다른 모량역 이야기를 같이 읽어볼까 한다.

떠나지 마라, 먼 타관은 춥다. 작고 따끈따끈한 널 얼싸안고 여기 이대로 계속 쩍쩍거리고 싶다.

이 농촌 들녘, 간이역 대합실 중앙기둥 윗부분엔 직경 한 뼘 남짓한 구멍이 하나 뚫려 있다.

난로 연통 뽑아냈던 자리일 것이다. 장작이든 톱밥이든 연탄이든 때며 불기를 둘러싼 몇몇 사람의 손바닥들, 그 가난한 화력으로 밀고 간 시절은 슬픔 몇 섬일까.

연기는 다만 장삼이사 사라질 뿐, 그늘 그을린 것 말고는 달리 아무것도 기록하지 못하였다.

모량역(2013.7)

이즈음 몇 번 찾았던 모량역 역사, 빗장을 풀지 않고 조금씩
낡아간다. 여러 시인들의 추억이 어린 곳이지만, 애써 이야기를
풀어놓은 지금에도 그저 덤덤하다. 아마도 문인수 시인은 그
덤덤함에 끌렸다고 말할 것이다.

지금은 역무원도 두지 않은 빈 역사, 가을바람에도 되게 썰렁하다.

한때 불을 문 저 또렷한 기억, 새까만 입구가 못내 아깝다. 나는
저 입 다문 적 없는 모음 깊이 무슨 새 한 쌍을 슬쩍, 속닥하게 들여
놓고 싶다. 더 이상 누구 떠나지 마라.

　　　　— 문인수, 「모량역의 새」[2] 전문

이 시에서 뚫린 구멍을 모음으로 표현한 구절이 절묘하다. 모
음은 성대에서부터 입술 밖으로 별 장애 없이 새어 나가는 소리이
므로 "입 다문 적 없"다는 표현은 과학적 언술인 셈이다. 또한 모음
ㅏ는 짧은 탄식 같기도 하고, 모음 ㅜ는 낮은 바람소리 같기도 한
데, 이런 ㅏ와 ㅜ의 원형에 새의 보금자리 ㅇ가 있을 것이라는 상상
을 하게 된다.

　성장해서 떠나는 것들만 있는 한적한 소읍, 멀리서 떠돌다 귀
향하듯 들른 나그네에게 이 역사의 풍경은 저릿한 느낌으로 와 닿
았나 보다. 난롯불을 쬐며 기차를 기다리던 가난한 사람들을 떠올
리며 그들의 사연과 삶의 무게를 "슬픔 몇 섬"으로 헤아리다가 "난
로 연통 뽑아냈던 자리", 그을린 "구멍"에 시선이 붙잡혀버린 것이
다. 온기를 잃어버린 연통을 대신해 새의 둥지라도 들이고 싶다는
것은 옛것과 그때 사람들의 정을 오늘의 현재 장면으로 따스하게
이어놓고 싶은 마음이다. 가수 최백호는 노랫말에서 '다시 못 올 것

에 대하여'를 '낭만'으로 읽었지만, 시인은 좀 더 진지해 보인다. 그리운 것에 대하여 "떠나지 마라"로 시작하여, "더 이상 누구 떠나지 마라"고 부연까지 한다. 공연한 바람이라도 마음이 쓰이지 않는 건아니다. 떠나든 남든 모량역의 운명이 시시각각 기울고 있기에 더욱 그렇다.

모량리의
선후배
시인

이미 떠났거나, 떠나고 있는 것에 대한 서운한 마음이 모량역에 모여 있다. 앞서 소개한 박목월 시인은 떠나 있는 사람의 목록, 그 앞자리에 있을 듯하다. 이 고장 출신의 박곤걸 시인은 이곳을 아예 "목월의 모량역"으로 이름했다.

> 스무 살 적 푸른 하늘을 찾아가면
> 기차는 지나가지 않고 바람이 지나가고
> 옷자락을 스친 인연, 마음자락을 흔들고 간다.
> 목월의 모량역은
> 나그네 없이 벽에 걸린 시계가 노을 속에 멈추고

나의 시간을 거머쥐고 손금에 그어진 이정표를 본다.

목월의 모량 안마을은

윤사월에 신들린 꽃님이 웃음 같은

살구꽃이 아침에 피더니 저녁에 지는데

지는 꽃잎이 어둠의 품에 별이 되어 반짝인다.

　　　　　　　　— 박곤걸, 「모량역」[3] 전문

　이 시는 김종섭 시인의 말마따나 모량리의 후배, 박곤걸이 박
목월과의 첫 만남을 가졌던 스무 살 적 인연을 고장 난 벽시계에서
찾아내고 예전을 추억하는 내용이다. 박곤걸은 모량에서 경주 방면
으로 조금 떨어진 화천리 출신이다. 『문장강화』에 이어 시집 『산도
화』를 출간하며 서울 생활에 바빴을 박목월은 고향 마을에 잠시 다
니러 왔을 것이다. 이 틈에 스무 해 후배 되는 문청 박곤걸이 인사차
찾은 것으로 짐작된다. 두 사람 사이에 오간 대화가 어떠했는지 알
수 없으나, 선생님 같은 선배는 후배의 마음에 담겨 이후 삶에 "이정
표" 같은 존재가 되었을 법하다.

　시인이 인용한 "윤사월"은 건천초등학교와 박목월 생가에 시
비로 남아 있는 박목월의 「윤사월」을 기린 것이다. "송홧가루 날리
는/ 외딴 봉우리// 윤사월 해 길다/ 꾀꼬리 울면// 산지기 외딴집/
눈먼 처녀사// 문설주에 귀 대이고/ 엿듣고 있다"(「윤사월」 전문)는
짧은 노래지만 그 풍경이 빚어내는 이야기와 여운은 참으로 길다.

"꽃님이"는 눈먼 처녀의 이름일 것도 같고, 마음이 사뭇 끌리면서도 살갑게 다가들지 못한 연인의 이름 같기도 하다. 동향의 김동리 소설가가 쓴 『무녀도』에서 무당 모화의 딸 이름이 꽃님이란 사실도 박곤걸 시인의 무의식에 남아 있었는지 모른다.

　살구꽃 피고 져도, 송홧가루 암만 날려도 현재 모량역엔 송홧가루 닦고 앉을 의자가 없다. 빈 의자가 다시 놓이게 되고 거기 앉아서 밤하늘의 별을 세며 누구누군지 딱지를 붙이게 된다면 그때, 별 하나의 이름을 꽃님이라고 불러도 좋겠다.

간이역
시인,
박해수

역 이야기를 하면서 이 분을 빼놓고는 안 된다. 간이역 시인, 박해수다. 대구 고모역을 비롯해서 10기 이상의 시비를 가졌으니 문사들 중에 이만한 영예를 누린 사람이 없다. 남한의 역을 두루 답사하고 북한의 역과 더 먼 외국의 역까지 정성이 미치는 그 에너지의 원천은 낡은 사진 한 장이란다. "어머니가 처녀 시절이던 1938년 1월 촬영한, '기차 철로 위에 선 부평(浮萍)의 몸을…'이라는 글귀가 쓰인 사진 한 장. 그 사진에서 나는 역 순례의 모태를 찾았다. 열아

홉 살 어머니가 서 있던 옛 기찻길. 그래서 역은 내 시의 고향이며
늙으신 어머니가 살고 계시는 어머니역이다"(《신동아》2002년 7월호)
라고 이후에도 여러 번 밝힌 바 있다. 시인은 긴긴 여행을 끝내고
종착역으로 생각했던 하늘 역까지 내처 갔으니, 그리던 어머니와
두 손을 꽉 잡았을 줄 안다.

　박해수 시인이 모량역을 그냥 지나치진 않았을 터인데, 발표
한 시집에서 찾지 못하여 인터넷 블로그의 글을 옮겨 적는다. '풀뿌
리 풀 뿌리', '가을빛 가을 빛', '낮달 낮 달' 등 일정하지 않은 띄어쓰
기를 확인하고 싶은데 의도적인 작업일 수도 있겠다 싶어 가급적
그대로 싣기로 한다.

흙
빛 나그네
낯선 길, 밀밭 길
흙빛 묵정밭, 사금파리
깨어진 마른 풀, 풀뿌리,
마른 풀 뿌리 문득, 문득
썩은 낙엽, 깊은 산 선도산
노을 빛 황소뿔빛 노을에
섰던 마음에 기댈 곳 없는
달 뒤쪽에 달맞이꽃

이른 가을 덜 떨어진 나뭇잎

속마음을 어이 챙기리

파리풀, 여뀌풀 숨 다 죽이고

가을빛, 빛 익는 가을 빛

눈물 빛 도는 모량역

슬픔이 모락, 모락

황소뿔빛에 걸리고

슬픔에 걸려나온 발자국

그리움에 지워버린 옛 흔적

살갗 시린 가을 낮달

어슬렁, 어슬렁 황소 뒷걸음에

살갗 시린 그리움은 낮 달로 얼룩, 얼룩 얼룩으로

삶의 얼룩점 찍었네 모량역에 모란꽃

또 한 송이 모란 얼굴 가려 지고 있네

길은 추억과 그리움의 눈물로 젖고 있네

모량역 가을 낮 달이 지나가고 있네

    — 박해수, 「모량역」⁴ 전문

목월이 일찍이 "강나루 건너서 밀밭 길"로 표현한 모량 벌은 도로와 차로로 인해 옛 형태를 잃긴 했으나 한적한 시골 모습이야 별반 다르지 않다. 그럼에도 시인은 습기를 잃은 "마른 풀 뿌리"의 모량을 떠올린 뒤 "모락, 모락" 지피는 슬픔과 "얼룩, 얼룩" 남은 그리움에 대해서 말하고 싶어 한다.

벌 건너 선도산 쪽으로 넘어가는 노을을 보고 "슬픔이 모락, 모락/ 황소뿔빛에 걸리고"라고 표현한 것도 상상의 재미를 준다. 모량의 모(牟)는 밀이나 보리(麰)가 풍성하게 있는 모습에서 이름 자를 빌렸을 개연성이 높지만 '소 우는 소리'라는 의미도 함께 갖고 있다. 또는 모(牟) 자에서 소뿔(牛)로 보자기(厶)를 찢어 붉게 물드는 하늘이 그려지기도 한다. 모량의 사람이든 모량의 나그네든 운이 좋다면 하늘을 수놓은 불이 점점이 징검다리(梁) 되어 세상 저편으로 사라져가는 것을 지켜보기도 했겠다. 모량의 흙, 모량의 공기, 모량의 인연들이 기억의 어딘가에 붉게 찍혔다가 "모란 얼굴"로 피거나 눈물방울로 흩어 내리기도 할 것이다.

왕벚꽃
꽃비 내리는
모량역

앞서 말한 것처럼 모량에서 경주 방면으로 화천리가 있고, 그 반대편 건천 읍내 쪽으로 금척리가 있다. 마지막으로, 금척 출신인 한영채의 작품을 만나볼까 한다.

고요하다 사월 무논 같은

간이역

뒤란 왕벚꽃 무성한 소문같이 꽃비 내리던

낮은 담벼락

차르르 쌓인 그 소문, 꽃비 되어

떠나보낸 대합실

말더듬이 역장의 붉은 깃발과

새벽 호각소리 멈춘 어스름 달빛

운동화 이슬에 흰 코 적시며 논길 걷던,

대구행 비둘기호 출발선

모량건천아화임포영천하양청천반야월

손가락 세며, 미루나무 세며

더듬어 보는 옛길

단석산 그리매 아직도 안녕한지

철길 위에 부려 놓는

시큰한 간이역

— 한영채, 「모량역」[5] 전문

모량은 부산에서 울산 지나 포항으로 향하는 동해남부선이
경유하는 곳에 위치해 있다. 또한 청량리에서 경주에 이르는 중앙
선이 끝나는 지점이기도 한데, 그전에 영천에서 대구선으로 연결

되어 있으니 시인이 노래한 대로 "모량건천아화임포영천하양청천반야월" 순이다. 이 중에 상당수 역은 노선 이동과 여객 업무 중단으로 폐역이 된 상태인데, 반야월역만이 등록문화재가 되어 보존의 길이 열렸다. 나머지 역의 운명은 세월이 말해줄 것이다. 모량부터 시작해서 반야월까지 소리 내어 읽을수록 정감이 솟는 이름들! 역과 역 사이 숱한 풍경이 섰다가 뒤로 밀리듯, 청춘의 한때를 뒤로하고 바쁘게 지나왔을 시인은 다시 옛날인 양 기차에 몸을 싣는다. 모량에서 자라서 꿈을 좇아 도시로 나갔다가 귀향하곤 했을 시인에겐 하나하나의 역이, 그 과거와 현재가 다 유정했을 것이다.

겨울 사평역이 고단한 삶을 덮는 설원과 눈꽃의 화음으로 기억된다면, 봄 모량역은 추억을 재생하는 왕벚꽃의 분분한 낙화로 생각나지 않을까 싶다. 이미 여러 시인들이 모량을 얘기했지만, 여기에 더해 한영채는 이곳을 "사월 무논 같은" "꽃비 내리던" "말더듬이 역장"이 있는 역으로 이미지를 생생하게 포착해낸다. 모량역 가는 길에 미루나무가 아직 헤아릴 만한지에 대해서는 감이 서지 않지만, 늙은 왕벚꽃은 세월을 더해도 여전히 보기 좋을 것이다. 말더듬이 역장도 조금 더 늙어서 안녕하기를 바라지만 근황을 꿰고 있을 사람은 없겠다.

모량역은 아직도 기다림의 자세를 풀고 있지 않다. 선도산 노을을 앞에 두고, "단석산 그리매"에 안기며 모량에 닿은 시인의 실루엣을 떠올려보지만, 이도 이제 옛일인 것을 부인할 수 없다. 꽃

이원규(시인), 〈금척 고분과 느티나무〉(2018)

현재 30기 이상의 고분이 남아 있다. 왕족이나 귀족의 무덤이었을
것이란 추정과 함께 박혁거세 왕이 병든 사람도 낫게 하는 신묘한
금자를 이곳 어딘가에 묻어 이웃 나라에서 가져갈 수 없게 했다는
전설이 있다. 사진에 보이는 느티나무는 고분에 언제쯤 앉았을까.
고인의 숨결이 느티나무 뿌리를 타고 느티나무 호흡에 담겨 있으리라
생각하니 천년 풍경이 은근해진다.

잎도 그늘도 추억도 다 부려놓은 시인에게 모량역은 세월 가도 "시 큰"한 역일 수밖에 없다. 이제, 시인은 겨우 안도하는 마음일 테다. 이 한 편의 시로 모량역과 추억을 도둑맞을 일 없이 한꺼번에 사두 었으니 말이다.

모량 이야기, 그 끝에 닿았다. 목월을 비롯해서 여러 시인들이 모량역을 노래했지만, 모량역은 그저 조용할 뿐이다. 이 조용함이 라도 계속 이어지기를 바라지만, 모량역이 아주 사라지거나 다른 이야기를 풀어놓는대도 그것 역시 모량역의 운명이다. 금척 고분 군이 바로 옆이고 박목월 생가가 새로 단장된 마당에 반중간에 위 치한 모량역의 쓸모도 요긴할 것이기에, 어떤 이야깃거리든지 다 시 쓰게 될 것으로 기대하고 있다.

신현락은 「기찻길 옆, 머나먼」에서 "기차가 지나가도 기찻길 이 남는 것처럼/ 통증이 지나가도 여전히 통점은 남는 곳"이라고 노래한 바 있다. 통리역을 "통점"으로 읽은 시인이 그 통점을 "힘이 센 그리움"으로 고쳐 읽는 내용인데 이는 사평역을 기억하는 사람 에게도, 모량역을 기억하는 사람에게도, 또 다른 역을 통점으로 갖 고 있는 사람에게도 마찬가지일 것이다. 지난 것들이 문득 궁금해 지는 시간이면 금척 지나 모량역으로 가보자. 캄캄칠야에 신호등 켜질 것 같으면 반기는 마음들이 거기 반짝이고 있을 테니.

김남주의 넓은 등을 그리워하는 박몽구

카프카와 하루키, 김남주와 이승하

책방을 운영한 시인들

김남주의 대책 없는 순결성

책 도둑과 삼수갑산

김남주 시인과
책방 이야기

경산에 살다가 대구로 이사 나오면서 고려한 게 세 가지다. 하나는 집이 남향이어야 한다는 점이다. 아침 해가 앞 건물에 가리어 귀때 기만 보여주고 금세 빠져나가는 집에 몇 년 살다 보니 해가 곧 님이다. 머물 때는 물론이고 나갈 때조차 빛 부스러기를 뿌리는 연인을 기리지 않을 도리가 없다.

두 번째는 인근에 시장이 있기를 바랐다. 수시로 장도 보고 칼국수나 오뎅을 사 먹는 재미를 누리고, 먼 데서 벗이 오면 돼지국 밥집으로 안내해서 소주잔을 기울이는 흥을 내고 싶었다.

세 번째는 도서관이나 책방이 버스 두세 코스 정도로 다닐 만 한 거리에 있기를 바랐다(실제, 두세 코스 거리에 범어도서관과 물레책방이 있다). 이 세상에 가장 아름다운 집은 도서관이다. 도서관은 여러 사 람이 차별 없이 무료로 이용할 수 있고, 세상의 재미있는 것들이 책

조기현, 〈김남주 시인 서각〉(2018)

마을목수 조기현은 전태일의 못다 한 꿈을 가슴에
품고 노동운동을 하던 시인 조선남이기도 하다.
쪽방 주민이나 노숙인이 참여하는 건축아카데미를
열고, 목공 기술로 그들의 주거를 도우며 나눔을
실천하고 있다. "밤새 내리는 빗소리에 뒤척이고/
키 작은 동백나무는 비에 젖는다/ 이 떨리는
그리움"(「키 작은 동백나무」)이라고 혁명 시인을
추억하는데, 아마도 체 게바라를 좋아했던 김남주
시인을 염두에 둔 걸로 보인다.

물레책방(2016. 11)

대구 범어네거리 인근의 인문 도서 위주의 책방.
북 콘서트와 함께 영화와 음악을 주제로 공감의
장을 마련하며 활로를 모색하고 있다. 물레책방
이층에는 지역 출판사 '한티재'가 좋은 책을
꾸준히 내며 공부방 역할도 하고 있다.

에 다 숨어 있으니 숨은 재미 찾기를 공공연하게, 노골적으로 행할 수 있는 장소다. 도서관을 가까이 두고 있다는 건 더없이 복된 일이 아닐 수 없다.

책방은 도서관에 비해 책이 많지 않고, 책을 오래 읽고도 책을 사지 않으면 주인 눈치를 봐야 한다. 그러니 책방은 이사하면서 고려해야 할 우선순위에서 빼야 한다는 입장이 있을 수 있다. 그럼에도 뒤로 밀지 않고 도서관과 나란히 두는 건 아래의 시편에서 확인하겠지만 책방만의 매력이 있어서다.

다른 한편으로, 다락이나 지하 동굴 같은 데서 퀭한 눈에 불을 켜고 책을 읽는, 스스로 책벌레를 자처하는 분은 도서관이나 책방을 3순위로 둔 게 언짢을 수 있겠다. 정신적인 배부름보다 소박한 유물론을 따른 거라고 변명하지 않겠다. 사실 나는 책벌레를 흠모할 뿐 그 근처에도 못 간다. 또한 나같이 입성이 초라한 부류는 유난히 추위를 견디지 못하므로 남향을 지켜야 하고, 여기저기 기웃거리며 눈요기하거나 실제 요기를 때우는 재미를 생각할 것 같으면 시장도 포기하기 어렵다. 물론 주변 여건이 조금이라도 나아지는 날엔, 3순위의 것을 1순위로 올릴 가능성이 아주 없다고는 하지 않겠다.

김남주의
넓은 등을 그리워하는
박몽구

서두가 길었지만 결국 이 글은 책방에 관한 글이면서, 책방에 관한
글을 생각하게 만든 시 한 편에 관한 이야기이기도 하다. 박몽구 시
인의 시이지만 시인에게 살짝 미안하게도 주인공은 책방과 책방
주인이다.

화살같이 지나간 40년을 거슬러 올라간다
형이 광주 MBC 옆에 카프카서점을 열었을 때
가난한 시인 지망생은
술이나 밥보다 책에 굶주려서
서울에서 새 책이 들어올 때마다
손때 하나 묻어 있지 않은 책의 귀를
무작정 뽑아다 밤새 안고 뒹굴다가
몇 권째 꿀꺽했는지 모른다
두꺼운 안경 알 탓일까
형은 책도둑인 나를 까맣게 몰라본 채
서점에 들르면 다시 반기며 술을 사주었다
그런 날은 그의 흐린 시력을 피해

다시 책을 몇 권 더 챙겨 넣으며

참 속이기 쉬운 물봉이거니 생각했다

파리 코뮌을 강독하다가

졸지에 쫓기는 신세가 된 형을

다시 만난 것은 광주교도소 미결감

오일팔로 수배되었다 1년 만에 걸려들어

쇠창살 안에 갇힌 내 앞을 지나던 형은

청춘을 짓이기고도 남을

15년 곱징역을 무겁게 받아들고도

두터운 안경 너머로 씨익 웃으며

내 손을 덥석 쥐어주었다

부르르 어린 나를 흔들던 고압 전류!

몇 푼의 책값을 챙기기보다

책의 말린 귀를 펴

어린 후배가 넓은 세계를 만나기 바랐던

형의 마음이 비로소 엿보였다

햇볕도 들지 않는 독방으로 가는

그의 등이 그렇게 넓은 줄

처음으로 알았다

나도 모르게 빚어진 수정에

형의 모습이 오래도록 따스하게 남아 있었다

— 박몽구, 「시인의 넓은 등」[1] 전문

'김남주 형 20주기에'란 부제가 붙어 있으니, 고인과의 인연
을 생각하고 고인을 기리는 마음으로 쓴 시다. 이 시에서 눈에 확
뛴 것은 김남주 시인이 광주에서 '카프카서점'(1975-1976)을 운영했
다는 점이다. 1973년 김남주는 유신 독재에 반대하는 지하신문《함
성》과《고발》의 제작과 유포에 관여한 혐의로 혹독한 고문 끝에 8
개월의 실형을 살았다. 출옥 후《창작과비평》(1974년 여름호)에 8편
의 시를 투고하면서 시인의 이름을 알렸다. 책방 개업은 바로 그 이
듬해의 일이다. 전남대에서 제적당한 후 별다른 호구책이 없는 상
황에서 생계를 잇기 위한 방편이기도 하고, 사회운동에 눈뜬 시인
이 서점을 드나드는 동료, 후배들과 공부하기 위한 장이기도 했다.
혁명가 체 게바라와 호찌민, 시인 브레히트와 네루다 등을 몰래 탐
독하던 시절이었다.

　여기서 '몰래'란 표현을 쓴 이유는 시에서 "파리 코뮌을 강독
하다가/ 졸지에 쫓기는 신세가 된 형"에서 보듯, 체제에 반대하는 운
동권 학생과 시민을 엮어서 옭아매는 수단으로 불온서적의 출판·
열독·반입을 금지한다는 조항이 유용하게 쓰였기 때문이다. 불온의
판단 근거는 온도 눈금을 재는 것이 아니기에 임의적일 수밖에 없

다. 영화 〈변호인〉(2013)에서 주요 소재로 다룬 것처럼 특정 책만 가지고 있어도 불온한 사람이 된다. 불온한 사람이 잡혀가서 고문받고 실형 사는 일이 소설이 아니라 현실로 이루어지던 시절이다. 김남주는 『파리코뮌』으로 인해 수배를 받다가 서울로 가서 남민전에 가입하게 되고 그로 인해 옥고를 치르게 되니, 책 내용보다 책 자체가 시인의 삶을 바꾸어놓았다고 해도 꼭 농담이라고 할 수 없다.

　김남주가 교재로 사용한 『파리코뮌』은 일어판이다. 1871년 프랑스·프로이센 전쟁에 패한 프랑스 왕당파가 왕정복고를 꾀하자 여기에 저항해서 혁명파가 정권을 잡고 혁명정부를 구성한 게 파리코뮌이다. 왕당파 정부군의 무자비한 진압으로 두 달여 만에 막을 내린 파리코뮌에 김남주가 관심을 가진 이유는 당시 혁명파가 추구했던 노동자 위주의 정책에 잘 나타나 있다. "제빵공의 야간작업 폐지, 노동자에게 온갖 구실을 달아 벌금을 부과하는 고용주에 대한 과태료 부과, 폐쇄된 작업장과 공장을 노동자 협동조합에 양도하는 등의 조처와 함께 공창(公娼)제의 폐지, 교육의 세속화와 무상 교육, 임차인과 영세 상인을 위한 보호 조치 등 현대사회에서도 진보적이라고 할 만한 조치들"(『세상의 모든 지식』)이 취해진 까닭이다. 세상을 가만히 두면 가진 자와, 가진 자의 혜택을 받으며 그들의 이익에 봉사하려는 조직이 득세하는 만큼, 이를 바로잡아 평등하게 잘 살기 위해선 불가피하게 싸우는 전사가 되어야 한다는 게 김남주의 신념이었고, 파리코뮌은 그 신념에 꼭 부합하는 운동이었다.

카프카와
하루키, 김남주와
이승하

그런데 책방 이름을, 시인이 따르고자 했던 혁명가들을 제치고 카프카로 한 이유는 뭘까? 우선은 불필요한 사찰을 피하기 위한 의도도 있었겠지만, 다음으로 생각해볼 수 있는 것은 소설 내용이다. 카프카의 『변신』은 가족의 빚을 갚으며 일에 매달리던 주인공이 어느 날 갑자기 벌레가 되면서 벌어진 이야기다. 벌레가 된 것은 일에 대한 스트레스와 무관하지 않다. 벌레가 된 주인공은 출근을 못 하고, 출근을 못 하니 돈을 벌 수 없다. 돈벌이를 못 하는 가장은 그날부터 가시방석이다. 주인공은 가족의 태도 변화로 말미암아 돌이킬 수 없는 상황으로 내몰린다. 심지어 아버지는 벌레로 변한 아들에게 사과를 던져 옆구리에 명중시킴으로써 쓸쓸한 최후를 앞당긴다. 돈으로만 가치를 부여하는 자본주의에 대한 고발로도 읽을 수 있는 장면인데 김남주도 이러한 점을 높이 사지 않았을까 싶다.

무라카미 하루키의 소설 『해변의 카프카』도 있다. 소설의 주요 무대는 시코쿠 소재의 도서관이다. 도쿄의 15세 소년, 다무라 카프카가 가출해서 찾아간 곳이다. 소설가 프란츠 카프카가 권위적인 아버지로부터 상당한 고통을 받았다면, 소설 속 다무라 카프카는 상처 입은 아버지로부터 떠나려 한다. 자신이 네 살 때 집을 나간 어머니로 인해 닫힌 세계에 사는 아버지다. 그 아버지를 해치게 되고 어머니를 품게 된다는 오이디푸스의 저주를 피하기 위한 가출이기도 하다. 김남주가 책방 이름에 카프카를 준 것이나, 하루키가 소설 이름에 카프카를 준 것은 자신의 젊은 날에 영감을 준 카프카에 대한 오마주라고 봐도 무방하겠다.

또한 『해변의 카프카』에는 현실과 비현실, 자아와 분신, 과거와 현재가 섞이고 연결되는 상상적 요소가 많다. "상상력이 결여된 속 좁은 비관용성"을 도서관에 들이고 싶지 않다는 내용이 소설에 있지만, 거꾸로 그런 사람일수록 마중하여 책이 주는 상상력에 흠뻑 젖도록 안내하면 좋을 것이다. 침대에서 벌레도 되어보고 옥상에서 날개도 달아보는 상상이 현실을 견디게 하고 현실을 바꾸게도 하는 것이다.

앞서 『변신』에서 자식에게 사과를 던지는 아버지 얘기를 했는데, 실제로 카프카도 『아버지께 드리는 편지』에서 자신이 아버지로 인해 죄의식과 불안 심리를 갖고 성장하게 되었음을 말한다. 어떤 일을 제대로 해보기도 전에 늘 부딪치는 아버지의 반대는 "생각에 대해서건 사람에 대해서건 무차별적"이었다고 밝힌다. 결혼을 세 번이나 미루고도 끝내 결실하지 못했던 카프카는 이 편지마저도 아버지에게 부치지 못한다.

김남주도 아버지에 대한 좀처럼 잊기 어려운 기억을 갖고 있다. 시인의 아버지는 머슴이었다. 한평생 남에게 시킴을 당하고 빼앗기기만 한 생을 살면서 자식이 면서기라도 해서 당당히 행세하기를 소망한다. 또한 아버지는 일하지 않고 노는 것을 못 보는 성미다. 살아온 이력이 몸에 각인시켜준 생각은 쉽게 바뀔 성질의 것이 아니다. 어느 해 아버지는 아들이 소를 먹이다가 또래의 아이들과 구슬치기하는 것을 본다. "그날 저녁에 아버지는 그런 나를 기둥에 새끼로 칭칭 감아놓고 매질을 했었지요, 무섭도록"(『불씨 하나가 광야를 태우리라』)이라고 시인은 밝힌 바 있다. 글을 쓰면서 속으로 좀 울지 않았을까 싶은 대목이다. 이후 아버지를 이해하며, "낫으로 손등이 긁히고 도끼에 발등이 찍혀/ 상처투성이로 누워 있는 말없는 고목이여/ 나는 그대를 존경했습니다"(「상수리나무」)라며 다소 감성적인 시를 쓴다. "이 나무가 내 아버지를 닮았기 때문이 아닙니다/ 노동에 시달린 농부의 모습을 그대가 하고 있었기 때문입니다"라고 굳이 한 줄 붙이기는 했지만, 자신으로 인해 여기저기 불려 다니며 고초를 겪은 아버지를 뜨겁게 감싸 안은 시로 읽힌다.

아버지와 불화를 겪은 이승하 시인도 생각난다. 『헌책방에 얽힌 추억』에서 일부 밝힌 것처럼, 경찰직을 그만두고 아내가 하는 문방구점을 같이 거들던 아버지는 삶의 불만을 광기에 가까운 말과 행동으로 쏟아낸다. 시인은 가출과 자퇴로 제 나름의 처신을 하지만, 그러지 못했던 여동생은 영혼의 병을 앓게 되고 시인과 가족에게 깊은 절망을 안긴다. "살아야 한다는 한 가지 본능으로/ 몰려드는 까마귀 떼/ 내 두 눈을 쪼아 먹으려 몰려든다/ 살고 싶어서 미쳐버린 누이야/ 죽을 수 없어 미치고 만 고흐여"(「광(狂)」)처럼 누이를 그리는 다수의 시편들도 결국 누이에게, 아버지에게, 아니 스스로에게 내미는 화해의 몸짓인지 모른다.

이런 환경에서 도서관과 책방은 이승하에게 탈출구이자 해방구였다. 초등 5학년 때부터 다니게 된 김천문화원 내부의 시립도서관이 소년 이승하에겐 "보물 창고요 마법의 동굴이요 신비의 나라"였다. 60권짜리 세계 명작을 다 읽으며, "내가 살던 집은 햇볕이 한 뼘도 들지 않는 지하실이었지만 나는 책가방 속에 그 찬란한 세계를 넣고 다녔다"고 했다. 또 중학 시절, 김천 삼각지 로터리 부근 헌책방에서 《학원》에 심취했던 것이 이후 시인의 길을 걷는 데 상당한 영향을 주었을 것이다. 책방이 도피처였다면, 책 읽기는 세상을 향한 배밀이와 같았다. 어둠과 불안 속에서도 책방과 책 읽기가 있어서 이승하의 영혼은 가피를 받은 거다.

초등 5학년이면 열두 살 무렵이다. (내가 대구 시내의 중앙도서관을 다닐 때도 그 나이였다. 꽤 먼 거리였지만 주말마다 찾아서 만화책을 먼저 섭렵하고 더 읽을 만화책이 없어 동화나 소설에도 손을 댔던 기억이 남아 있다.) 이승하 시인은 자신이 사는 동네에서 이사 가지 않는 이유가 도서관이 가까이 있어서란다. 그리고 세상의 아이들이 아버지가 데려간 도서관이 자기를 키웠다고 말하게 되길 기대하고 또 그렇게 권하고 있다.

김남주 시인 역시 광주제일고등학교 유학 시절, 학교생활에 재미를 붙이지 못하고 틈만 나면 계림동 헌책방 골목으로 달려가서 세상 공부를 했다. 이때 책방에 흠뻑 빠진 게 뒷날 카프카서점의 문을 여는 단초가 되었을 것이다. 그리고 그 카프카서점은 "민청에서 풀려나온 징역쟁이들이 운집하던 사랑방이며 광주제일고등학교에서 퇴학당한 남주의 후배들이 먹고 자며 뒹굴던"(강대석의 『김남주 평전』에서 박석무의 말을 인용) 장소가 되었는데, 열 살 어린 박몽구도 이때 카프카서점에 출입하면서 김남주와 인연을 쌓게 된다.

책방을
운영한
시인들

김남주 시인 외에도 문인이면서 직접 책방을 운영하거나 책방 직원으로 일한 경우가 적잖다. 책을 좋아하는 사람들! 그 사람들의 꿈이 책방 주인이 되는 건 하나도 이상하지 않다. 한때의 꿈이 만화방 주인이었다고 누가 얘기할 것 같으면, 그 사람은 밥때 잊고 만화에 푹 빠져 지낸 시절이 있었을 게 틀림없다. 돈벌이가 목적이 아니고 오직 책 읽는 욕심만 주체 못할 정도가 되면 손님이 뜨문뜨문 오는 게 더 낫겠다. 그런 소원(?)은 대개 이루어졌는지 자릿세 마련 등 최소한의 현상 유지를 못하고 문을 일찍 닫는 경우가 대부분이긴 하다. 그럼 누가 책방 운영에 나서며 책벌레의 꿈을 잠시나마 이뤘는지 짚어보도록 하자.

먼저 조선어 표준말 사정위원회 위원으로서 한의학 책을 다수 쓰고, 국회의원까지 지냈다가 북으로 넘어간 조헌영 선생이다. 조헌영은 1936년 인사동에 고서점 일월서방(日月書房)을 낸다. 조씨 문중이 있는 주실 마을이 영양군 일월면 소재니 여기서 이름을 따왔을 개연성이 높다. 조헌영은 열일곱 나이로 상경한 아들 조지훈에게 일월서방 운영을 바로 맡겼으니, 이때의 독서와 시 습작이 훗날 조지훈이 학자와 문인의 삶을 사는 단초가 되었을 것이다. 보들레르, 오스카 와일드, 이백, 두보를 두루 읽던 조지훈은 사업가의 수완도 있었는지 모윤숙의 『렌의 애가』(1937)를 출판하여 장안의 화제가 되기도 한다. 사모의 대상인 '시몬'이 누구냐에 대해선 모윤숙이 대놓고 얘기하지 않았지만 이광수로 특정되는 분위기다.

이웃한 종로 관훈동에서 오장환 시인은 남만서방(南蠻書房, 1938-1940)을 낸다. 남쪽 오랑캐라 이름한 데서 그의 야성을 짐작할 만도 하다. 시집 『분수령』(1937)으로 북쪽 정서를 장악한 이용악 시인을 의식한 이름이라고도 하는데, 반대로 이용악의 「오랑캐꽃」(1939)이 남만(南蠻)과 어떤 영향 관계에 있지 않을까 하는 생각도 든다. 책방과 인근 종로와 명동 거리를 같이 술 마시며 횡행했던 이봉구는 책방에 대해 이렇게 증언한다. "문학과 철학 서적이 전문이었고 절판, 한정판, 호화판, 진귀본, 구해볼 수 없는 책, 구해보려 애쓰는 책들이 꽉 들이차 있었다. 책방 정면 벽에는 이상의 자화상이

마리 로랑생, 〈책 읽는 여인〉(1913, 도쿄 마리 로랑생 뮤지엄 소장)

피카소의 소개로 연인이 된 마리 로랑생과 기욤 아폴리네르는
둘 다 아버지를 모르고 자란 동질감을 갖고 애정을 키워갔으나,
이 그림을 그린 시기는 서로 다투고 헤어진 때다. 아폴리네르는
「미라보 다리」(1913)에서, 흐르는 강물처럼 사랑도 그렇게
되어간다며 상실의 아픔을 노래한다. 그림 속 여인은 책에
집중하는 것 같지는 않다. 가느다란 눈매에 복잡한 마음과
내면의 갈등이 엿보인다. 박인환 시인은 마리 로랑생과
아폴리네르 두 사람을 다 좋아하여 책방 이름도 마리서사라고
했고, 이 책방에서 그의 반려를 만나게 된다.

걸려 있었다"(『그리운 이름 따라-명동 20년』)고.

책방 내부에 보들레르 원서, 작가 에드거 앨런 포의 사진, 그 한 해 전에 죽은 이상의 자화상이 있었다고 하니, 스승인 정지용을 비롯해 오장환이 사모했던 예술가의 면면을 떠올려볼 수 있겠다. 남만서방도 출판업을 겸해 김광균의 『와사등』(1939)을 찍고, 책방 문을 닫은 후에도 서정주의 『화사집』(1941)을 출간한다.

종로에 기억할 만한 또 하나의 책방이 있으니 마리서사(1945-1948)다. 이상을 좋아해, 이상 기일을 기념해 며칠간 폭음하다가 그만 죽음까지 따라간 박인환 시인이 주인이다. 마리는 〈책 읽는 여인〉(1913) 등 주로 여인의 모습을 그린 화가인데, 연인 기욤 아폴리네르의 죽음을 접하고 "죽음보다 잊힌 것"(「진정제」)이 더 슬프다는 시를 남기기도 했다. 마리서사엔 당시로서는 흔치 않았던 서양 시집이나 문학 전집, 미술 화보집을 갖춰놓고 있었다. 앞서 남만서방이 그랬듯이 인근 종로3가에 위치한 마리서사도 이봉구, 김광균, 김수영, 김규동 등 많은 문인이 드나들며 교류의 장을 만들었다. 박인환은 「목마와 숙녀」에서 인생은 "잡지의 표지처럼 통속"하다고 노래했고, 실제 김수영에게 "값싼 유행의 숭배자"라는 서운한 평가를 받기도 했다. 하지만 박인환은 마리 로랑생과 그의 연인이 그랬듯이 죽음으로도 잊히는 일 없이 지금껏 사랑받고 있다.

1953년 신동엽 시인은 돈암동 네거리 헌책방에서 친구 대신 일을 봐주다가 그 책방에 종종 들르던 여고생에게 읽을 만한 책을 추천해준다. 이것이 인연이 되어 두 사람은 서로 호감을 가진다. "그는 가난했고 무직자였고 친구의 서점이나 봐주는 룸펜이었다. 그러나 그의 형형한 눈은 늘 이상과 신념에 불타 그의 남루한 옷차림을 다 싸고도 남았다"(『벼랑 끝에 하늘』)는 아내 인병선의 촌평대로 신동엽은 실직과 구직을 오가며 건강 문제로 근심을 주고 세상을 일찍 떴으니, 룸펜을 크게 벗어난 것 같지는 않다. 다만 신동엽이 보여준 시의 생명력은 그가 노래했던 금강 줄기처럼 길게 이어질 것이다.

천상병 시인은 동갑내기 신동엽이 죽은 후, "잡초 무더기/ 저만치 가장자리에/ 꽃, 그 외로움"이라며 「곡(哭) 신동엽」을 썼다. 천상병도 「책미치광이」에서 밝히기를, 어머니가 자신을 '책미치광이'로 불렀다고 했다. 초등 6학년 시절, 학교 파하고 도서관에서 살다시피 할 때 도서관장이 외출하면서 서가 열쇠를 맡기니, "시립도서관장 임시대행을/ 살짝 지냈다는 꼴이 아닙니까?"라며 뿌듯해한 바 있다.

장정일 시인도 책방 점원으로 잠깐 일한 적이 있다. 대구 남문시장 근처 헌책방 거리에 자리 잡은 문흥서림은 한강 이남에 제일 크다는 고서점이다. 나이가 많다는 이유로 채용을 꺼리는 사장에게 자기 꿈이 책방 점원이란 사실을 밝히고야 장정일은 겨우 취업한다. 취업 기간은 두어 달을 넘지 못했다. 이유인즉, 책을 너무 많이 읽는다는 것이다. 장정일 입장에서야 쓸쓸한 기억이겠지만 이때 집중적으로 읽은 시 문학 잡지로 시 수업을 대신한 셈이다. 열

다섯 살 중학 시절 수업 시간에 몰래 읽기 시작했다는 내용으로 시작되는 「삼중당 문고」는 그때까지의 장정일의 삶을 압축해놓은 듯한 시인데, "문흥서림에 일하며 읽은 삼중당 문고"를 예서도 확인할 수 있다. 나는 고등학교 1학년 때 소설 『바스커빌의 개』를 생물 시간에 몰래 읽다가 들켜서 따귀까지 맞은 기억이 있으니 몰래 읽는 기술이 장정일만큼 능하지 못했나 보다.

김남주의
대책 없는
순결성

김남주 시인은 김수영도 갖지 못한 혁명 전사(戰士)의 타이틀을 갖고 있다. 김남주는 "혁명가로서 자기 자신을 잊은 적이 없었"(「전사1」)고, "자기 시대와 격정적으로 싸우고/ 자기 시대와 더불어 사라지는 데/ 기꺼이 동의했던 사람"(「전사2」)이다. 전사를 자처하기 가장 어려웠을 시절에 전사가 되고자 했기에 김남주의 육성은 강한 울림을 준다.

　　김수영은 "혁명은 안 되고 나는 방만 바꾸어버렸다/ 그 방의 벽에는 싸우라 싸우라는 말이/ 헛소리처럼 아직도 어둠을 지키고 있을 것이다/ 나는 모든 노래를 그 방에 함께 남기고 왔을 게다"(「그

방을 생각하며」)라며, 싸움에서 한 발 물러선 자신을 객관화한다. 이
또한 윤동주가 그러했듯이 행동 의지를 다지는 자아성찰의 모습으
로 읽을 수 있지만, 김남주 시인은 윤동주보다 이육사에 가깝다. 일
제강점기 숱한 옥살이에도 한 번도 굴하지 않은 이육사의 저항 정
신을 에누리 없이 받아안은 시인이 김남주다. 김수영이 "그 방"을
상징의 의미로 차용했다면, 김남주는 "한증막과 같은 여름과/ 시베
리아 같은 겨울밖에는 없어/ 꽃 피고 잎 진다는 계절을 모르고 사
는 이 방/ 방/ [⋯] / 허가없이 도서를 열독해서도 아니되고/ 허가
없이 집필 도구를 소지해서도 아니되는/ 그렇다고 펜과 종이를 허
가해 주지도 않는 이 방"(「방」)이라며 0.7평 남짓의 독방 생활을 증
언한다. 이 방에서 우윳갑이나 담뱃갑 은박지에 못으로 한 자 한 자
눌러 쓴 시를 면회 온 사람에게 전한 게 「학살」 연작 등 세상에 알려
진 시편들이다.

　　김남주는 혹독한 고문 앞에 영혼 없는 삽살개 되어, "당신의/
발밑에서 무릎을 꿇었다 나의/ 양심 나의 싸움은 미궁이 되어/ 심
연으로 떨어졌다"(「진혼가」)라고 했으니 참담한 나락을 일찍 맛본 것
이다. 고문으로 인한 고통과 두려움이 영혼을 불안에 떨게 하고 행
동을 옭아맬 법도 하련만, 시인은 자신의 양심을 밀고 나가는 용기
를 잃지 않았다. 김수영이 언론의 자유를 말하며 "김일성 만세"(「김
일성 만세」) 할 자유를 쓰고도 끝내 발표하지 못했지만, 김남주는 나
중을 걱정하지 않는 사람처럼 서슬 댕댕한 군사정권에 대고 "한 나

라의 대통령이라는 자가/ 외적의 앞잡이이고 수천 동포의/ 학살자"(「학살」)라고, "학살의 원흉이 지금/ 옥좌에 앉아 있다"(「학살3」)라고 천진하게 말해서, 오히려 읽는 사람이 주변을 살피고 땀을 훔치게 했을 것이다.

전사는 아무나 될 수 없는 것임을 김남주는 몇 편의 시로 보여주었다. 이 지극하고 단순한 언명은 두려움이 없어서가 아니라, 그 두려움에 지지 않고 양심의 목소리를 들으려는 시인의 안간힘이었음을 상기시켜주는 일화가 있다. 문학평론가 정지창의 『오늘도 걷는다마는』에 나오는 내용이다. 1991년 국가보안법을 소재로 한 연극 공연을 보다가 갑작스레 정전이 되자, 정지창이 임기응변으로 김남주 시인을 무대로 부른 게 발단이다. 김남주는 "타고난 대중연설가요 선동가"의 모습을 유감없이 보여주었지만, 연극이 끝나고 기관원에게 잡혀간다. 나중에 극단 사람의 장난인 것으로 밝혀졌지만 그 짧은 순간, 정지창은 "김남주 시인이 겁먹은 얼굴로 입술이 시퍼렇게 변하는 것을 옆에서 목격"한다.

실제 김남주는 고문에 대한 두려움이나 후유증을 떨쳐버리기 어려웠는지 자신의 소원을 통일이나 이념에서 먼저 찾지 않고, "신체의 자유만이라도 고문의 공포 없이 누리고 살 수 있는 그런 세상에서 한번 살고 갔으면 하는 것"(『불씨 하나가 광야를 태우리라』)이라고 소회를 밝히기도 했다. 정지창은 김남주의 일찍 센 머리마저 "그처럼 소심하고 순진한 시인이 투사로서 감내하지 않으면 안 되었던 긴장과 불안이 그의 머리를 백발로 만든 것은 아니었을까"라고 여길 정도로, 외적인 싸움에 가려진 여린 내면을 읽는다. 용기란 것이 강한 자의 전유물이 아니라 두려움에 떨면서도 진실을 향해 서려고 부단히 애쓰는 모습인 줄을 알겠다.

정지창은 자신의 책 말미에, 자신의 문학의 뿌리가 아버지의 책방 덕흥서림(德興書林)이었음을 밝히고 있어, 이 점도 언급하고 넘어가야겠다. "당시 아이들에게 인기 있던 김종래나 박기당의 만화를 나는 누구보다 먼저 볼 수 있었고, 《학원》이나 《새벗》 같은 잡지에 실리는 김내성과 조흔파의 연재소설도 매달 거르지 않고 읽을 수 있었다. 전학 온 시골뜨기가 금방 친구들을 사귀고 기를 펴고 지내게 된 것은 오로지 이런 특권 때문이었을 것이다"라며 책이 있어 행복했던 유년을 떠올린다. 자신이 책방의 책을 거의 다 읽을 무렵 책방 문을 닫게 되는데, 그때 아끼던 책을 리어카에 내놓으며 눈물도 내고 마는 아버지를 회상한다. 그런 중에도 아버지는 책 한 질을 따로 남겨두는데, 아들이 좋아하던 『삼국지』 정음사판이다. 그 역자가 월북한 박태원인 줄은 나중에야 알았다고 한다.

《창작과비평》 지면을 내주면서 김남주의 문단 데뷔를 도운 문학평론가 염무웅도 『삼국지』 정음사판을 언급한 바 있다. 공주로 이사 간 소년 염무웅에게 공주문화원에서 대여해준 책들이 젊은 날의 양식이 되었다고 『문학과의 동행』에서 밝히고 있다. 그때 빌려 읽은 책 중에 『삼국지』 『수호지』도 있었으며, 손창섭, 장용학, 오

김남주 시인의 미소
무엇이 좋은지 환하게
웃고 있는 김남주 시인.
10년 가까운 투옥 기간도,
개구쟁이 같기도 하고 순둥이
같기도 한 그의 미소를
앗아가지 못했나 보다.
(사진 출처 : 김남주기념사업회)

상원 등의 전후문학에 심취했다는 얘기도 들려준다.

김남주에 대한 애정이 각별했을 염무웅은 「별아 내 가슴에」를 예로 들며, 김남주는 "자기 마음에 숨어 있을지 모를 손톱만 한 이기주의조차 가차 없이 까밝히는데, 이 혹독한 정직성이야말로 이 나라의 많은 명망가들에게 결여되기 쉬운 품성"(『살아 있는 과거』)이라고 했다. 김남주 시인은 자신을 무섭게 돌아보며 혼신의 힘으로 전사이고자 했다. 작은 이익에 골몰하지 않고 어떤 혜택에도 흐트러지지 않으며, 그가 심고자 했던 "평등의 나무"(「나의 칼 나의 피」)를 위해서 기꺼이 칼이 되고, 전사가 되고자 했던 사람이다. 이런 시인의 정신은 어디에서 오는 것일까? 염무웅의 답을 대신 듣는다. "내 생각에 김남주의 싸움에 있어서 가장 위대한, 남이 대신하기 어려운 무기는 그의 대책 없는 순결성이다"(『조국은 하나다』 발문)라는.

김용락 시인도 어느 해 늦봄에 빗소리를 들으며 잠을 이루지 못하고 오동나무의 꽃향기조차 외로울까를 생각하다가 문득, "이상한 일이다"며 김남주를 떠올린다. 강당과 여관방과 술집에서 함께했던 시간을 생각하며, "그는 세상에서 가장 어린 소년이었다/ 완벽한 순수였다/ 그래 혁명은 순수할 때 가장 빛나는 법이다/ 인간은 고독할 때 가장 아름다운 법이다"(「오동나무」)라고 했으니, 김남주 시인이 지인이나 후배에게 비친 인상이 이상할 만치 닮아 있다. 순수, 순결, 순정의 이미지다. 이 순함은 단순한 순응이 아니라 그걸 거슬러 싸워야만 하는 혁명과 연결된다. 순수와 혁명이 어긋나지 않고 김남주의 시와 얼굴과 행동에서 하나가 되어 소년의 미소로 나타나나 보다.

이 점은 "입은 웃는 것처럼 잇바디가 드러나고/ 한기가 피식 피식 웃음처럼 새는 것이다/ 무딘 듯 누더기인 듯 온몸이 서는 것이다//[…]// 김남주가 그랬다"(「칼에 대하여」)는 김사인의 시에서도 확인해볼 수 있다. 김남주의 삶은 순정한 웃음 끝에 온몸이 서고 마침내 칼이 서는 장면을 극적으로 보여준 것이다.

책
도둑과
삼수갑산

사실 이육사가 외모에서부터 꼬장꼬장한 지사의 풍모를 풍긴다면, 김남주는 큰 뿔테 안경에 왠지 책만 파고 셈이 흐릴 것 같은 "물봉" 이미지다. 물봉은 시인의 선배 박석무가 지어준 김남주 시인의 별명이기도 하다. 사람만 좋아서 실속을 못 챙기는 호구 같은 봉이다. 그중에서도 물봉이니 정도가 더 심했겠다. 앞의 시에서 후배 박몽구 시인이 책을 "몇 권째 꿀꺽" 했어도 전혀 개의치 않고 술만 잘 사주니 물봉 칭호가 아깝지 않다.

박몽구는 김남주가 책 도둑인 자신을 몰라봤다고 하지만, 정말 모른 것인지 알면서 봐줄 만하다고 여겼는지 알 길이 없다. 당시 박몽구도 몰랐을 사실 하나는 물봉 김남주도 책 도둑 선배였다는 거다. 『양키들아 들어라』를 미국문화원에서 훔쳐 읽은 사실을 전하며, "나는 고등학교 때부터 시내 책방이나 남의 집 서가에서 책을 도둑질"(『불씨 하나가 광야를 태우리라』)했다고 예사로이 말한다. 친구 이강이 카투사에서 도둑질해 건넨 책을 받아서 제 책인 양 읽었으니 범죄 수익 은닉 혐의도 있다. 다만, '책 도둑은 도둑도 아니다'며 아예 장물에서 책을 빼려는 인식도 없는 게 아니다. 책 도둑을 굳이 분류하자면 좀도둑에 가까울 테지만, 이상하게도 좀스러움은 덜고 웬만큼 이해되는 측면까지 있다. 돈은 당장의 생계를 해결하고 편리를 사는 것이지만 책은 새로운 생각을 알게 하고 놀라운 세상을 겪게 한다. 어느 때고 책을 통해서 사람이 된다고 했으니, 훔쳐서라도 사람 구실하려고 한 것에 대해 버럭버럭하기가 마땅찮은 것이다.

생각건대, 나도 반쯤은 책 도둑이겠다. 초등학교 5학년 끝 무렵부터 중학교 2학년 어느 시기까지 나는 새벽 신문을 돌리는 배달 소년이었다. 새벽 네 시 반에는 일어나야 했는데, 그게 좀 어려운 일인가. 할매가 안쓰러워하면서도 일을 안 나가면 더 낭패가 되니, 따귀를 때려가며 나를 깨웠다. 그때 미숫가루 대신 우유를 챙겨주었더라면 키라도 컸을 텐데 하는 아쉬움이 있다. 내가 맡은 배달 구역엔 오층 정도의 작은 아파트가 서너 군데 있었고, 계단의 전구가 자주 나가서 자빠지기 좋을 만큼 어둡기도 했다. 꼭대기 층까지 신문을 넣을 일이 있으면 바로 내려가지 않고 옥상의 문을 통해서 다음 동으로 이동했는데, 그 옥상 문 옆에 노끈에 묶인 책들이 몇 다발씩 쌓여 있기도 했다. 비유가 적당한지 모르겠지만 그 책들은 안 방에 있던 강아지를 마당에 낸 꼴이니 버림받은 신세일 수는 있어도 버린 것은 아니다. 그중에 만화책이나 만화가 든 잡지가 탐이 났고 몇몇 소설책에도 눈이 갔다. 허락 없이 가져가도 되느냐 아니냐는 양쪽의 생각이 비등했지만, 이건 버린 거야, 애써 그렇게 믿으며 손을 댄 것은 분명하다. 그렇게 내 소유가 된 만화 잡지를 또 빌려가서 안 갚은 친구도 있었지만 다행히 이름이 생각나지 않는다. "훔친 책은 언젠가는 도둑질당한다"는 전직 책 도둑 성석제의 말을 믿는 편이다.

앞에 마리서사 운영자로 소개되었던 박인환 시인도 책에 대한 지나친 욕심으로 책 도둑으로 지목된 바 있다. 김규동 시인의 회고에 따르면, 박인환만큼 책을 좋아하는 친구는 드물다면서도 "책을 빌려가면 영 소식이 없었다. 아주 먹어치우고 만다"(『시인의 빈손』)고 했다. 그런 박인환도 책방을 하면서 거꾸로 피해자가 되기도 한다. "박인환이 책방을 하는데 사는 사람은 없고 대부분이 빌려가기만 했죠. 너도나도 찾아와서는 술을 먹자고만 하니 1년 반이 지나자 적자가 나더래요"(『나는 시인이다』)라는 말을 전하며, 막상 구매자가 오더라도 책이 아까워 그 시집은 팔지 않겠다고 못 박으니 장사가 될 리 없다는 거다. 김규동 본인도 남의 말 할 처지는 못 되는 것이, 한국전쟁 때 중공군 개입으로 서울을 급히 떠야 할 처지에도 책을 포기하지 못하고 혼자 지고 가다가 거의 쓰러질 정도가 되어서야 지게꾼의 도움을 받는다. "이름 모를 그 지게꾼의 도움으로 나의 사랑하는 책들은 부산까지 피난 갔으나, 용두동 판자촌 화재 때 다 타버리고 말았다"(『시인의 빈 손』)고 했으니 그 끝이 싱겁긴 하다.

박인환이나 김규동이 그랬던 것처럼 책에 대한 무한한 사랑을 보여준 시를 근래에 읽은 기억이 나서 찾아보니 「삼수갑산」이다.

나는야 오늘 낮에 책방엘 갔었네.
나흘 동안 꼬박 밤새워 번 돈
18만 5천원을 몽땅 털어서
이 코너 저 코너 휘젓고 다니며
책, 책을 샀네, 숫제 반항적으로 샀네.
도합 16권이었네.
그 흔한 만 원짜리 한 장이 아쉬워
새 책을 사본 지가 어언 9개월.
돈 없어 밥 굶는 설움만큼은 아닐 테지만
돈 없어 책 굶는 설움도 보통이 아니란 걸
질경질경 씹어온 지난 내 9개월이었네.
중년의 허리춤에 둥지를 튼 이 몹쓸 궁끼가
얼마를 더 길게 갈지 가늠이 안 되거늘,

당장 또 며칠 내로 내야 할 이번 달 월세도

어디 가서 구해야 할지 묘책이 안 서거늘,

에라이, 배짱 좋게 호사 한번 부려봤네.

내일이면 헉-헉-헉- 삼수갑산을 갈망정

오늘 나는 허-허-허- 산천 구경을 갔었네.

산천보다 그윽하게 우거진 책방엘 갔었네.

— 윤중목, 「삼수갑산」[2] 전문

삼수와 갑산은 함경도 개마고원 일대의 오지다. 지형과 일기가 험해서 유배지로 이용되었을 뿐만 아니라 들어가기 어렵고 나오기는 더 어려운 곳으로 인식되어, '아주 험한 지경'을 당했을 때 삼수갑산이란 말을 즐겨 차용한다.

시인은 내일 "삼수갑산을 갈망정" 오늘 "책방"에서 책을 사겠단다. "숫제 반항적"으로 나서기는 했지만 "몹쓸 궁핍"을 잊은 것 같지도 않고, 여유와 호기를 한껏 부리는 것 같지도 않다. 오직 밥에 대한 절실함만큼이나 "책 굶는 설움"이 유난할 뿐이다.

책에 대한 사랑이 이만한 것에 대해서 부러운 느낌도 있다. "밥값에 매겨진 0의 개수로/ 제발 나의 인간자격을 논하지 마라"는 표제 시 「밥격」에서도 확인했듯이, 가난을 지나오며 밥을 섬기되 밥에 매이지 않는 정신을 책이 키워주었을 공산이 크다.

소월은 스스로 삼수갑산에 갇힌 듯했고 백석은 실제 삼수갑산에 갇히기도 했지만 윤중목 시인은 "허-허-허-", 삼수갑산 위를 나는 듯한 웃음으로 여유를 보인다. 삼수갑산이 산천 구경보다 좋은 책방으로 귀결되어서 그럴 테지만, 김남주 시인에겐 그럴 여유가 없었을 것이다. 그에게 삼수갑산은 그냥 감옥일 뿐이다. "겨울이 오고 한파가 밀어닥치고/ 굶주림과 추위 혹사에는 더는 못 견뎌/ 에헤라 가더라도 내일 삼수갑산 들고 일어섰다/ 그러자 이번에는 감옥으로 끌려갔고/ 사람들은 그런 나를 두고/ 나라 팔아먹은 역적이라 했다"(「읽을 줄도 쓸 줄도 모르는 어느 백성의 이야기」)고 하는 데서 백성의 대변자이고 싶어 하는 김남주 시인의 육성이 들린다. 권력자에게 또 부자들에게 당하기만 하다가 더는 못 참겠다며 들고 일어섰더니, 누명을 씌워 감옥에 들게 했다는 거다. 감옥에 가더라도 할 말은 해야겠다는 꼿꼿한 정신과 그에 따른 희생은 감옥 바깥의 사람들을 미안하게 만든다.

더욱이나 "15년 곱징역을 무겁게 받아들이고도/ 두터운 안경 너머로 씨익 웃으며/ 내 손을 덥석 쥐어주었다"는 김남주 시인을 박몽구가 어찌 잊을까. 발전기 없는 "고압 전류!"는 언제든 되살아나서 남은 사람을 감전시키기에 충분하고, 박몽구 시인도 감전 사실을 조금도 숨기고 싶지 않았을 것이다. 이제 전류는 시인의 손바닥을 떠나 김남주를 추억하는 시편으로 남았다.

소월과 백석의 고향인 평안도 정주를 지나 함경도 삼수갑산에 가고픈 마음이 있고, 김남주·고정희 시인의 생가와 김태정 시인의 마지막이 깃든 전라도 해남을 지나 바다의 섬으로 다니고 싶은 마음도 있다. 북쪽의 삼수갑산이든 남쪽의 삼수갑산이든 꿈꾸는 자의 고장이면 어디든 가서 한 여드레 머물고 싶다. 그곳이 김남주 시인의 머리를 희게 한 0.7평의 독방이라면 좀 곤란하겠지만 출입이 자유로운 0.7평의 책방이라면 대환영이다. 전사의 아내같이 고운 분이나 씩씩한 청년 노동자가 따끈한 커피 한 잔과 "사과 하나 둘로 쪼개"(김남주, 「사랑은」) 들고 온다면 여행도 책도 잠시 덮는 게 옳다. 그러고 보니 전사와 전사의 아내 사이에 태어난 귀한 아들 이름이 김토일이다. 노동자가 잘 사는 세상을 위하여 노동 시간을 단축하고 금·토·일 이날만큼은 휴식도 취하고, 취미도 가꾸고, 여행도 다니고, 책도 읽는 여유가 생기기를 미래 세대에 빌어주는 김남주의 마음이다.

우연히 만난 시 한 편으로 여기까지 왔다. 선배를 추억하는 책 도둑 박몽구 시인의 시를 쫓아 여행하는 기분을 냈다. 박몽구 시인의 책방 사랑은 여전하여 "형광등 아래 산란하는 보석들을 만지작거린다"(「뿌리 서점」)고 했는데, 문득 시인의 손이 궁금하다. 오래전 딱 한 번 손을 잡은 인연이 있지만 시인은 모를 것이다. 그때 전류가 흘렀는지 어땠는지 가물가물하다. 누구에게라도 감전되고 싶은 날이면 책방 가는 게 제일이다. 책이 사람을 반긴 나머지, 먼지 알갱이를 톡 터뜨리고 마는 그런 책방에 가고 싶다.

폐허의 비밀을 찾아서

입도 버리고 혀도 파묻고

길을 잃고 길을 찾는

붉은 마을로 들어가는 길

폐사지에서

숨은그림찾기

폐사지는 과거에 절이 있던 곳으로 지금은 그 터만 남은 곳이다. 오랫동안 잡풀에 묻혀 있다가 탑, 부도, 당간지주, 기와 등 석재로 된 부속물이 방치되거나 깨진 채로 발견되곤 한다. 문화에 대한 전반적인 인식이 높아짐에 따라 폐사지 원형을 보존하려는 노력을 정부나 지방 혹은 유명 사찰에서 주도하고 있지만, 아직까지 사람 소리는 드물고 바람 소리가 행세하는 곳이 많다. 폐사지 주변을 정비하더라도 나무와 바람의 거주지를 훼손하지 않아야 마땅하다.

폐사지를 다닐 때마다 느끼는 것이지만, 온전하든 그렇지 않든 세월의 더께가 느껴지는 석탑이 있고, 석탑만큼이나 갖은 풍상을 겪었을 수백 수령의 나무도 있다. 그 나무의 우듬지를 흔들고 옷자락을 들썩이게 하는 바람과 대면하는 일도 잦다. 영암사지, 거돈사지가 꼭 그런 곳이다. 물론 고목이 없거나 바람이 자고 있어도 사

영암사지(2012. 4)

깎아지른 벼랑을 뒤에 두고 황매산 능선을 멀리
내다보는 눈이 즐거운 자리다. 금당 터 계단에
앉아 쌍사자석등과 그 아래 삼층석탑을 한참
보고 있자면, "기다림도 눈부실 수 있다"(졸시
「영암사지에서」)고 중얼거릴지 모른다.

람의 마음을 당기는 풍경이 있다. 황금 벼에 둘러싸인 미탄사지, 감나무밭 사이의 장연사지, 산꼭대기의 용장사지, 산기슭의 장항사지가 주변과 어떻게 어울려 있는지를 보게 된다면 그 강렬한 인상을 잊기 어려울 것이다. 아직 다녀보지 못한 폐사지의 풍경도 그럴 것이니 폐사지를 찾는 마음은 언제든 설렌다.

폐허의
비밀을
찾아서

그간 인연이 있었던 폐사지 중 일부는 시집 『엉덩이에 대한 명상』(2014)에서 다루었지만, 마음만 사뭇 흔들리고 끝내 시로 엮지 못한 폐사지가 더 많다. 이에 폐사지를 노래한 다른 시인들의 작품을 읽으면서 내가 풀지 못한 이야기들을 대신 듣고 나누는 것이 폐사지를 사랑하는 하나의 방식이 될 줄 믿는다. 폐사지 순례기를 썼던 장지현 시인은 폐사지 답사를 두고 침향(沈香: 개펄에 천 년을 묻어둔 나무토막) 찾기란 표현을 썼는데, 이 글에서도 약간의 향이 묻어 있기를 바라는 마음이다.

먼저, "폐사지를 찾아나서는" 시인의 뒤를 따라가보자.

폐사지를 찾아나서는 길은 숨은 그림 찾기
절터를 알리는 푯말도, 길도, 불빛조차 없는
낯선 곳을 찾아 헤매다보면
늙고 오래된 나무들이 이정표가 되어 사람을 끌어당긴다

숨은 그림 찾기의 한 모서리를 다 맞추며 닿게 되는 옛절터는
천년 된 느티나무의 聖地
거돈사, 그 폐허의 비밀을 읽다 돌아간 사람들의 눈빛은 얼마간
갈라진 삼층석탑과 석축을 뚫고 뿌리 뻗은 저 느티나무나
쓰러진 당간지주를 닮아 있으리라
폐허의 냄새에 이끌려 찾아온 사람의 등을
자꾸만 어디로 떠미는 찬바람과 짙어가는 날빛,

늙은 느티의 몸속에 들어갔다 나온 뒤
쉽게 법천사를 찾았다 아니 몸 벌리고 있는 늙은 느티나무가
법천사인 줄 그곳을 떠나면서 알게 되었다
부론은 절이 느티나무 속으로 숨어버리고
깨어진 석탑의 지붕돌과 부도비만 덩그러니 남아 있는 곳
해와 달과 봉황이 노닐고 있는 저 부도비마저 느티의 몸속으로 들어
가고 나면
늙은 나무와 몸 섞어보지 않고서는 법천사를 볼 수 없으리

문막 지나 섬강을 거슬러오르면 강이 뿜어내는 안개는
내가 찾는 절터를 늙은 느티보다 빨리 감추어버리고
숨은 그림 찾기는 점점 어려워진다 안개 때문이다
안개 속에서 나는 또 다른 이정표를 찾아 두리번거린다
— 조용미, 「느티나무의 몸속에는」 전문

부론면은 충주를 지나온 남한강 줄기와 문막을 경유한 섬강
줄기가 합수하는 지점에 있다. 이 지역은 한때 서울과 지방을 잇는
교통과 상업의 중심지였다. '부론(富論)'이란 이름에서, 사람이 모여
들면서 덩달아 '말(言)이 많이 오가는 곳'이었음을 짐작할 수 있다.
부론면은 읽기에 따라서 '부러우면'이 되는데, 폐사지를 다니는 사
람이라면 언덕 이편저편에 자리 잡아 새로 단장된 법천사지와 거
돈사지의 은밀하고도 여유 있는 품이 충분히 부러울 만하다.

좋은 시는 독자에게 말을 걸어온다더니 이 시가 그랬다. 시에
쏠렸는지, 폐사지에 끌렸는지, 자꾸 쏠리고 끌리는 마음을 어쩌지
못하고 부론면 폐사지를 찾아 나섰다. 먼저 들른 흥법사지 귀부도
인상적이었는데 법천사지와 거돈사지의 그것도 생김새라든가 무
늬라든가 눈길을 끌기에 모자람이 없다. 구름을 타고 앉은 법천사
지 귀부는 몸통에 王자를, 양쪽 귀가 물고기 비늘로 마감된 거돈사
지 귀부는 몸통에 卍자와 연꽃을 돋을새김했는데, 어느 것이 더 용
감무쌍하고 영험이 있을지 따져보는 재미가 있다. 거돈사지 귀부

법천사지 귀부 vs 거돈사지 귀부(2014. 10)

흥법사지, 법천사지, 거돈사지는 원주 지역 3대
폐사지다. 이들 폐사지 주변은 비교적 옛 모습을
간직한 채 풍경이 그윽해서 조용히 머물다 오고
싶은 곳이다.

의 뒤편 등허리에도 王자 문양이 있는 줄은 나중에야 알았다. 王을 아주 빼는 건 대우가 아니라고 생각했나 보다.

마을 가운데 들어서 있는 법천사지 당간지주가 당시의 절 규모를 짐작케 한다면, 인근 초등학교에 "쓰러진 당간지주"는 거돈사지의 우여곡절을 넘겨짚게 한다. 시인의 말처럼 "숨은 그림 찾기"는 "폐사지를 찾아나서는 길"에서 시작되었지만, 동시에 폐사지를 조금조금 알아가는 과정도 숨은그림찾기의 연장으로 보아도 좋지 않을까 싶다. 길을 찾았다고 생각하는 순간 "안개"로 인해 길이 흐려지듯, 폐사지의 마지막 퍼즐은 결코 맞출 수 없는 비의(秘儀) 같은 것인지 모른다.

그 비밀을 풀 수 있는 열쇠가 "늙은 느티나무"의 몸속에 간직되어 있다고 하나 그걸 읽어내는 일은 탑 하나를 세우는 일만큼 어렵다. 폐사지 지킴이로서 풍경의 일부가 되어 그 풍경을 완성하는 역할까지 떠맡은 늙은 느티나무는 강과 밀통하여 안개까지 풀어놓고 있으니, 세상일도 세상 밖의 일도 점점 오리무중일 따름이다.

입도
버리고 혀도
파묻고

폐사지를 찾는 것도 모자라 "폐사지처럼 산다"는 시인이 있으니 그 속내가 자못 궁금하다. 폐사지 같은 속이 어떤지 천천히 들어가 보자.

요즘 어떻게 사느냐고 묻지 마라

폐사지처럼 산다

요즘 뭐 하고 지내느냐고 묻지 마라

폐사지에 쓰러진 탑을 일으켜세우며 산다

나 아직 진리의 탑 하나 세운 적 없지만

죽은 친구의 마음 사리 하나 넣어둘

부도탑 한번 세운 적 없지만

폐사지에 처박혀 나뒹구는 옥개석 한 조각

부둥켜안고 산다

가끔 웃으면서 라면도 끓여먹고

바람과 풀도 뜯어먹고

부서진 석등에 불이나 켜며 산다

부디 어떻게 사느냐고 다정하게 묻지 마라

너를 용서하지 못하면 내가 죽는다고

거짓말도 자꾸 진지하게 하면

진지한 거짓말이 되는 일이 너무 부끄러워

입도 버리고 혀도 파묻고

폐사지처럼 산다

— 정호승, 「폐사지처럼 산다」[2] 전문

현재 지도에 표기된 폐사지는 한때 잘나가던 사찰로 당시의 문화나 정신의 중심지 역할도 했을 터지만, 무상한 세월의 흐름에 밀려 영화를 뒤로하고 쓸쓸하게 버려진 곳이 대부분이다. 시인이 "폐사지처럼 산다"고 했을 땐 이런 쓸쓸함을 의식적으로 껴입은 모습으로 보인다. "죽은 친구의 마음 사리"를 간직하려는 마음과 무관하지 않겠지만, 그 일이 아니더라도 폐사지는 시인의 마음에 깊숙이 들어와 있다.

세상의 중심으로 가기 위해 애쓰거나 세상의 중심에서 놓여나지 않기 위해 열심인 사람들에게, 혹은 그 열심에서 자유롭지 못한 모든 주변인들에게, 세상 밖으로 훌쩍 떠나 있는 폐사지는 어떤 의미로 다가올 것인가. 시인은 "너를 용서하지 못하면 내가 죽는다"는 화두를 세상에서 폐사지로 가져왔다. 남을 탓하려는 마음을 갖고 용서하는 것은 있을 수 없으므로, 용서의 전제 조건으로 자신을 먼저 용서해야 한다. 그러니 용서하는 일은 자신의 짐을 덜고 자신을 살리는 길이기도 하다. 하지만 용서가 그리 간단한 문제인가?

이창동 감독이 영화 〈밀양〉(2007)에서 용서하는 마음의 허구를 적나라하게 드러낸 바 있지만, 거듭 용서하라는 성인의 말도 그만큼 용서가 쉽지 않다는 반증이기도 하다. 상대가 대가를 치르지 않았는데도, 상대가 변하지 않는데도 용서해야 하는가의 문제도 고민거리다. 좀 더 삐딱하게 말하면, 용서받아야 할 사람이 거꾸로 용서하는 여유를 부리지 않나.

선과 악, 성(聖)과 속(俗)의 경계와 구별이 갈수록 모호해지는 현실에서 자기 안의 목소리를 듣는 것은 어느 때보다 중요해 보인다. 그런 양심에 기초하지 않은 말들은 쓸데없이 거짓말 짓는 일일 수도 있겠다. 스스로의 생각이든, 자신이 속한 공동체의 입장에서든, 말을 짓게 되면 그 말에 따른 책임에 눌려 상황에 맞게 유연하게 대처하는 일이 어려워진다. 양심에 어긋남이 없어도 결과적으로 거짓이 되고 마는 일도 종종 있다. 돌이켜보면 다 부끄러운 일이다. 진지한 참말보다 주위 분위기를 살리고 남을 추켜주는 가벼운 거짓말이 사람 사이에 더 필요할지도 모르겠다. 폐사지의 시간은 이처럼 침묵을 통해 무거운 것과 가벼운 것을 도치시키기도 하면서 더 큰 자연스러움을 얻게 한다.

삶의 우여곡절을 지나온 사람, 그 과정에 부끄러움을 생각하는 사람, 폐사지 귀퉁이에 오래 쭈그려 앉아본 사람은 "입도 버리고 혀도 파묻고" 폐사지처럼 그렇게 살았으면 하는 마음에 공감할 줄 안다. 하지만 폐사지가 잠깐 지나는 행인에게 마음자리를 수월하게 내줄 것 같지는 않다. 사람 사는 마을로 돌아가서 그사이 거짓을 짓지는 않았는지, 또 거짓을 지으려고 하지는 않는지 자신을 성찰하는 마음을 잊지 않는 게 현실적인 선택일 것이다.

길을
잃고 길을
찾는

언젠가부터 폐사지가 좋아지기 시작했다. 돌 틈에 허물 남기고 미끈해져 나갔던 뱀이 누덕누덕한 옷을 다시 벗을 때 예전 자리를 찾게 되는 것처럼, 폐사지를 떴다가 폐사지에 든다. 무엇보다 폐사지로 가는 길을 걷고 싶다. 각각의 폐사지 모습처럼 폐사지 가는 길도 일정하지 않을 텐데, 그중에 용장사지 가는 길을 앞서 걸었던 시인의 이야기를 듣는다.

경주 남산 용장사지 가는 길

처음 갔을 땐

어둑한 길을 짐작 하나 앞세우고 지도도 없이 찾아갔다

두 번째부터는

못미처 계곡에서 꺾었거나 지나쳐서 모퉁이를 돌았거나
걸음이 남았거나 숨이 모자라서 헤매다 그냥 왔다

사랑도 그와 같아서
더운 피가 앞선 대로 따라간 처음 사랑은 눈물도 이별도 황홀했다
이리저리 굴려본 사랑은 넘치거나 못 미쳤다

눈을 감고도 길을 찾을 즈음에는 이미
길은 길이 아니라 통로에 불과했다
길을 가고 길을 잊어야 못 본 첫길이 두근거리며 열린다
종일 듣는 바람소리 처음 듣는 소리다
— 백무산, 「용장사지 가는 길」³ 전문

　용장사지에선 삼층석탑이 유난하게 눈에 띈다. "하늘과 맞닿
은 땅의 배꼽 자리 같기도 하고, 부챗살 모양의 안쪽 중심 같기도"
한 데서 석탑이 "우주와 교신하려고 안테나를 맞추는"(졸시, 「용장사
지 삼층석탑」) 것은 제법 기분을 낸 표현이지만, 실제 와 보게 된다면
중심으로 몰려드는 영기(靈氣)와 그로 인한 영감의 결과일 뿐 그다
지 특별한 상상이라 할 것도 없다.
　시인은 용장사지 자체보다 용장사지 가는 길에 주목한다. 처
음에는 헤매면서도 찾았던 길을 두 번째부터는 그러지 못했다는

임산희, 〈용장사지 삼층석탑〉(2010. 2)

용장사는 김시습이 야인으로 떠돌다가 이곳 산꼭대기에
와서 『금오신화』를 집필한 곳이다. 삼릉과 용장골을 아래로
둔 남산을 따로 금오산이라 부르는데, 삼층석탑이 그 정점에
서서 눈길을 사로잡는다. 수채화로 보는 삼층석탑은
그 전면을 부감법으로 그린 것이다. 시선이 탑으로 집중되어
아스라한 느낌보다는 평화로운 정취를 자아낸다.

것이다. 절실함의 차이일지도 모르겠다는 생각이 들 즈음, 사랑도 그와 같다고 전하다. "더운 피가 앞선" 사랑은 시작도 끝도 아픔까지도 황홀했지만 — 용장사지 삼층석탑을 처음 만났을 때도 그러했을 것이다 — "이리저리 굴려"보며 실속을 따지고 이해타산을 생각하는 순간, 사랑은 그 도저한 감정을 잃고 시들해지고 만다.

석탑에게 가든, 사람에게 가든 기대와 설렘 그리고 열기까지 간직한 첫 마음이 소중하다면, 그다음에 또 그다음에 갈 때도 처음의 마음으로 가는 게 대상을 사랑하고 소통하는 방법이 될 것이다. 첫 마음으로 가라는 것을 전과 똑같은 길로, 똑같은 방식으로, 똑같은 감정으로 가라는 뜻으로 새길 필요는 없다. 이전과 다른 방식으로 가서, 이전의 것을 다르게 보면서 처음처럼 새로워지라는 의미도 있을 것이다. 시인은 이를 두고 "길을 가고 길을 잊어야 못 본 첫 길이 두근거리며 열린다"고 표현했다. 글씨 그림 〈처음처럼〉으로 잘 알려진 신영복 교수가 "산다는 것은 수많은 처음을 만들어가는 끊임없는 시작입니다"라고 말했던 것도 일맥상통하는 이야기라 하겠다.

용장사지 가는 길을 마저 걸었든 도중에 돌아왔든지 간에 시인은 이미 의미 있는 하나의 길을 선보였다. 사랑도 그와 같이 하라는 말에 배움도 그와 같이 하라는 말을 더해도 좋겠다. 익숙한 것에 대한 습관적 반응이나 기계적 인식으로는 자신도 모르게 매너리즘에 빠질 우려가 있다. 사랑도 배움도 대상의 새로운 면을 알아가면서 더 깊어가는 이치를 곰곰 생각해볼 일이다.

붉은
마을로 들어가는
길

폐사지는 죽은 땅이 아니다. 문화유산으로서의 폐사지 기능에도
주목해야겠고, 주변 자연환경과 결부된 휴식 장소로도 쓰임새를
생각해야겠다. 동시에 현실의 갈급함을 대리 만족시키는 정서적
기능도 기대할 수 있다. 배움을 찾는 사람들에게 여전히 성지 역할
을 하고 있는 데다 각박한 현실에 부대끼며 상처 입은 영혼을 위로
하고 치료하는 기능까지 더하고 있으니, 폐사지는 엄연히 현재형
으로 살아서 실존하고 있다. 폐사지에 닿은 김경성 시인은 그 실존
을 누구보다 깊이 깨친 듯하다.

> 그때, 붉은 바람이 어디서 불어왔는지
> 바람결에 몸을 맡긴 수많은 사람들 모두 붉은 마을로 갔다
> 춤을 추는 바람은
> 수백 년 동안 그 자리에 서 있었던
> 민흘림기둥의 섬세한 무늬까지 모두 읽고 난 후

기왓장 안쪽 어골무늬 어디쯤 그대의 손금이

묻어있는 내밀한 곳까지 붉은 물을 들여놓은 후

그 자리에서 무너졌다, 붉음도 너무 깊으면 검은 빛이 된다

울음 스며들어 그을음 가득한 보광전 아래 계단의 연꽃문양

시들지 않는 꽃잎 아직도 선명하고

키 큰 석등이 있던 자리 그 불빛 아직도 환하게 비추는 듯하다

폐허는 사라지지 않는다

그의 심장 근처쯤 다가갔을 때

흰뺨검둥오리 한 쌍 물소리를 내며 발 아래쪽으로 날아갔다

맑은 양수 봄볕 받아서 눈부셨다

수만 권의 책으로 다 설명할 수 없는

붉은 마을로 사라져간 사람들의 말이 회랑을 돌아서 흘러 다니고

몸 가장 깊은 곳에 아직도 살아있는 우물 하나 품고

아무도 없는 폐사지에 심장소리 쿵쿵 울린다

장엄한 꽃을 피워 올리는 집이었던 기억이

깊게 암각되어 있는 건물의 기단과 초석

여기 저기 흩어져서 폐허의 몸속으로 핏줄처럼 깊이 들어가 있다

산벚꽃 꽃잎 부도탑에 내려앉아

처연하게 마르는 봄날,

오래 앉아 있으니 그대가 꽃잎에 새겨놓은 붉은 마을이 보였다

꽃잎 내려놓고 길 떠나는 바람의 깃을 잡고

붉은 마을로 들어가는 길로 들어섰다

　　— 김경성, 「폐허는 사라지지 않는다」[4] 전문

　시인이 붉은 바람을 맞는 폐사지는 어디일까? 사진으로 만난
양주 회암사지 풍경이 그려지기도 하지만 경주 황룡사지에서 느꼈
던 감정이 되살아나기도 한다. 장소를 굳이 밝히지 않은 이유가 여
기에 있다. 실제를 재현하는 것보다 머릿속에 그리는 폐사지가 더
많은 영감을 주기 때문이다.

　시인은 폐허를 천천히 걸으며 손으로 또 눈으로 주변을 세심
하게 더듬으면서 무너진 폐허를 일으켜 세운다. 주춧돌 자리에 어
울리는 기둥을 떠올리기도 하고, 유실되거나 흩어진 자재를 하나
하나 일으켜 긴 회랑을 복구하며 그리로 걸어가는 사람들을 상상
하기도 한다. 이런 상상은 유물이나 유적에 대한 이해도 있어야 하
겠지만 긴 역사와 숱한 사연을 간직한 폐사지의 숨결과, 그것을 읽
어내려는 시인의 호흡이 서로 맞닿아 어울렸기에 가능한 일이다.

　"그대"와 "그대가 꽃잎에 새겨놓은 붉은 마을"의 흔적을 찾아
가는 장면은 '숨은그림찾기'처럼 시의 의미를 더욱 풍성하게 만든
다. "그대"는 폐사지를 디자인한 장인(예술가)일 수도 있고, 그만큼
돌올하게 기억되는 현재 혹은 과거의 인연 있는 사람일 수도 있다.
붉은 마을의 입구까지 "그대"가 안내했다면 이제부터는 시인 혼자
걸어가야 한다. 꽃잎에 든 붉은 마을이라고 해도 지금 여기와 확연

히 구별되는 별천지는 아닐 것이다. 그렇다고 무방비로 열려 있는 곳은 더욱 아니다. 선하게 물든 붉은 마음으로만 가 닿을 수 있는 마을! 이런 비밀 하나쯤은 품고 있음 직하다. 붉은 마을의 주민이 되고 싶은 사람은 시인을 귀찮게 조르면 도움을 얻겠지만 "들어가는 길"이 언제든 유효할 것 같지는 않다.

지금까지 몇 편의 시를 통해서 폐사지 여행에 발을 슬쩍 들여놓았지만 폐사지는 자신에게로 오는 길을 쉽게 내어주지 않는다. 폐사지에서 오래 서성거리는 사람은 그 길을 찾는 사람일 가능성이 높지만 숨은그림찾기의 마지막 퍼즐은 결국 맞추지 못할 것이다. 온전한 이해는 없는 거라고 폐사지의 말을 받아 적지만, 정말 그러냐고 물으면 폐사지는 또다시 묵묵부답일 게다. 그런 폐사지에 가고 싶다.

잘 말린 무화과나무 열매와 상치

자전거 도둑과 진주 귀고리 소녀

꿈과 상상을 조물조물하는 다락

새끼 말향고래의 꿈

공중에 달아 놓은 즐거움

꿈을 달아 놓은

———

다락 이야기

요즘 건축의 쓸모를 말하면서도 미적인 부분을 중시하는 경향이 있고, 생활공간과 별도로 여유 공간의 필요를 말하기도 한다. 집이든 마을이든 직장이든 간에, 먹고 자고 소통하고 일하는 일상 공간에서 벗어나 가볍게 소일하고 아늑하게 쉴 수 있는 곳이 바로 여유 공간이다. 마을에서는 공용 도서관이나 산책로 등이 여유 공간이라면, 집에서는 내부 서재나 외부 텃밭이 그런 곳이다. 건물 옥상과 지하 공간도 이용하기에 따라 여유 공간이 될 수 있으며 지붕 아래 다락방도 여유 공간이 되기 위한 충분조건을 갖추고 있다.

누워서 하늘이 보이게끔 다락을 꾸민다든지, 위에서 미끄럼 타고 내려오도록 설계해서 다락이 자랑거리가 되는 일례도 있지만, 전통가옥의 다락은 부엌 위에 얹힌 좁은 공간을 면치 못한다. 낮은 천장으로 인해 뻣뻣한 사람일수록 고개를 더 숙여야 하는 곳

백세각(2018. 5)

졸시 「다락이 있는 풍경」의 배경이기도 한
백세각은 3·1운동 당시 이곳 다락방에서 이 집
후손인 송준필과 동지들이 머리를 맞대고 독립을
모의했던 공간이다. 파리에 보낼 독립청원서를
작성하고, 성주 장날에 독립청원서 3000장을
뿌리기도 했다.

이고, 거기 숨구멍처럼 조그만 창이 있다. 문학작품에서 언급되는 다락은 대개 후자 쪽이긴 하다.

다락의 어원은 분분하지만, 달동네의 '달'과 마찬가지로 높은 지대를 의미하지 않았나 싶다. 북한 사전엔 다랑논(다락논)을 계단 논으로 설명하고 있는데, 높은 곳에 오르자면 층층이 갈 수밖에 없는 사정이 짐작된다. 개인적으로는 허공에 달아놓은 즐거움(樂)으로 해석하고 싶다. 다락은 사용하기에 따라 생활공간의 기능도 갖지만, '덤으로 주어지는' 혹은 '달아놓은 즐거움'으로 수용될 때 그 매력이 한층 더하는 것이 분명하다. 일상의 쳇바퀴를 벗어나서 몸과 마음이 머물 수 있는 공간이 있는 것과 없는 것의 차이는 삶의 질의 좋고 나쁨과 직결되는 문제이기도 하다.

말하자면 다락은 있으면 아주 좋고 없으면 몹시 서운한 곳이다. 다락은 '덤으로 주어지는' 조그만 방의 매력과 함께 그 이상의 요긴한 무엇이며, 이 무엇에 대해서는 제법 긴 이야기를 필요로 한다. 여유 공간으로서 다락의 쓸모를 강조하면서 이 글을 시작하는 마당에, 다락이 여의치 않으면 하다못해 벽장이라도 두어야 할 것을 생각한다.

잘 말린
무화과나무 열매와
상처

다락문은 모험이 시작되는 입구와 같아서 눈치 덜 보는 아이라면 기를 쓰고 다락에 오르려 한다. 왜 그럴까. 다락에 도대체 뭐가 있기에 맘을 설레게 하는지 그것부터 알아보자. 다락이 보관하고 있는 물품 목록이다. "앞자락이 뜯긴 비키니 옷장 하나, 그 안에 요긴하진 않으나 버리기는 뭐한 유행 지난 헌 옷가지들. 옆구리 터진 라면 박스, 그 밑에 다시 읽을 것 같지 않은 바둑 입문이나 권법 수련책, 그 위에 개근상 삐져나온 졸업 앨범에다 권수가 안 맞는 무협지 몇 권. 철제 책상의 아귀 틀어진 서랍, 그 안에 이제 연락을 끊은 사람들의 편지까지."(졸시, 「다락이 있는 풍경」에서)

　　남의 집 다락이 궁금하긴 해도 눈여겨볼 기회가 흔치 않으니 내가 살았던 옛집 다락방의 보관 목록을 있는 그대로 옮겨 적은 것이다. 나열한 것처럼 다락엔 온갖 잡동사니가 모인다. 당장 쓰이지 않되 버리기엔 뭐한 물건이 대부분이다. 뒤에 이어지는 시 내용은 비밀에 부치고 이제니 시인의 시로 다락의 목록을 보충하며 이야기를 이어갈까 한다.

　　그 시절 나는 잘 말린 무화과나무 열매처럼 다락방 창틀 위에 조용히 놓여 있었다. 장례식 종이 울리고 비둘기 날아오를 때 불구경 간 엄마는 돌아오지 않았다. 오빠는 일년 내내 방학. 조울을 앓는 그의 그림자는 길어졌다 짧아졌다 짧아졌다 길어졌다. 넌 아직 어려서 말해줘도 모를 거야. 내 손바닥 위로 무화과나무 열매 두 개를 떨어뜨리고 오빠도 떠나갔다. 기다리지도 않는데 기다리는 사람이 되는 일은 무료한 휴일 한낮의 천장 모서리같이 아득했다.

오빠가 떠나자 남겨진 다락방은 내 혼잣말이 되었다. 열려진 창밖으론 끝없는 바다. 밤낮없이 울고 있는 파도 파도. 주인을 잃은 마호가니 책상 위에는 연두 보라 자주 녹두 색색 종이테이프, 지우개 연필 증오 수줍음 비밀 비밀들. 도르르 어둠의 귓바퀴를 감아넣듯 파랑파랑 종이꽃을 접으며 나는 밤마다 오빠의 문장을 읽었다.

누구에게도 보내지 않을 편지를 쓰고 또 쓰는 밤. 아무도 나를 사랑하지 않습니다. 자신을 미워하는 고백의 목소리. 오빠의 공책 위로 지우개 가루가 검은 눈물을 뚝뚝 흘리고 있었다. 돌아오지 않는 것들은 언제까지 돌아오지 않는 것들일까. 기다리는 것들은 언제까지 기다리는 것들일까. 어제의 파도는 어제 부서졌고 오늘의 파도는 오늘 부서지고 내일의 파도는 내일 부서질 것이다.

모두 어디에 계십니까.

모두 안녕히 계십니까.

밤이면 착하고 약한 짐승의 두 눈이 바다 위를 흘러다녔다. 끝없이 밀려갔다 밀려오는 물결들. 끝없이 밀려왔다 밀려가는 가없음. 그것이 나를 울면서 어른이 되게 했다. 열매를 말리는 건 두고두고 먹기 위해서지. 잘 말린 무화과나무 열매를 씹으며 나는 자라났고 떠나간 사람들보다 더 많은 나이가 되었다는 사실을 알았을 땐 또다시 무화과나무 열매의 계절이 돌아오고 있었다.

— 이제니, 「무화과나무 열매의 계절」 전문

시인의 분신으로 보이는 '나'는 무화과나무 열매와 다락방을 통해서 오빠를 추억한다. 다락에는 오빠가 사용하던 책상, 읽은 책들, 비밀스런 일기 등 오빠의 체취가 곳곳에 남아 있다. 창밖으로 보이는 바다야말로 다락의 가장 큰 재산이겠지만, 바다가 들려주는 것은 파도 울음이고 바다가 보여주는 것은 연일 부서지는 모습뿐이다. 조울증의 오빠가 학교생활도 교우 관계도 잇지 못하고 다락에 갇혀 살다시피 한 사연과 무관하지 않을 것이다.

오빠의 고통은 가족의 고통이기도 하다. 상심의 계절이 오빠의 부재로 깨끗이 잊히면 그나마 다행이겠지만 서러운 존재의 흔적이 쉽게 사라질 리 없다. 다락이라는 공간과 유품을 이어받은 '나'이기에 오빠와 분리되는 일이 더 어렵다. "오빠의 문장"엔 조울

증 앓는 날들의 "증오 수줍음"이나 남에게 밝히기는 뭐한 "비밀 비밀들"이 빼곡 차 있다가, 이제 주인을 잃고 '나'에게로 와 한 장씩 읽히는 중이다. 노트 어디엔가 적힌 "아무도 나를 사랑하지 않습니다"라는 고백이 오빠의 것이든, 다락과 함께 오빠의 기억까지 물려받은 '나'의 것이든 간에 아프디아픈 고백이 아닐 수 없다. 사랑하고 사랑받는 데 익숙지 못한 것은 어떤 상처로 말미암은 바가 크고, 그 상처는 마음의 그늘을 점점 키워갈 것이다.

습기로 불은 곰팡이를 없애려면 햇살에 내놓고 조금씩 말려야 하듯, 상처는 숨김보다 고백을 통해서 치유되는 성질의 것이다. 시인은 무화과나무 열매를 두고, "열매를 말리는 건 두고두고 먹기 위해서지"라고 말한다. 잘 말린 열매가 곧 잘 말린 상처다. 다락은 숨기 좋은 곳이어서 남의 눈을 의식하지 않을 수 있고 그래서 자기와 대면하기도 좋다. 다락은 자신의 내면을 들여다보게 하고, 고백하게 하고, 쓰게 하고, 그렇게 함으로써 알맞게 마른 열매처럼 상처를 조금씩 아물게 하는 기능도 갖는다.

자전거
도둑과 진주 귀고리
소녀

조울증을 앓는 오빠가 다락을 차지한 이야기는 간질을 앓는 오빠가 등장하는 김소진의 소설『자전거 도둑』을 떠올리게도 한다. 자전거 주인 남자와 자전거 도둑 여자가, 영화〈자전거 도둑〉(1948)을 함께 보며 각자의 과거 상처를 더듬어 보는 소설이다. 아들 앞에 창피당하는 아버지를 지켜보며 "차라리 죽는 한이 있더라도 애비라는 존재는 되지 말자"는 남자의 이야기가 뇌리에 강하게 남아 있지만, 상처의 깊이만 따지면 여자 쪽이 더하다. 집안의 자랑이었던 오빠가 간질 발작으로 다락에 갇혀 살다가 여자에게 실수를 하게 되고, 여자는 그 일로 오빠를 원수처럼 대한다. 그즈음 어느 날, 오빠를 일주일 정도 챙겨주어야 할 처지를 고의로 외면함으로써 오빠는 죽고 만다.

상처는 이야기됨으로써 치유된다고 하지만 그 치유가 당사자에게만 미치는 건 아니다. 대개 어슷비슷한 상처를 갖고 사는 것이니 남의 이야기가 남의 이야기로 끝나는 게 아니라 나의 이야기로 고쳐 듣게 된다. 이야기를 통해, 함부로 꺼내거나 인정하기 힘든 콤플렉스화된 자신의 감정과 직면할 때 독자의 마음을 만져주는 힘이 크다고 하겠다. 소설 속 남자의 반응은 미적지근했고 여자는 발랄한 자전거 도둑으로 돌아갔지만, 독자는 책을 바로 뜨지 못한 채 자신 안에 뭔가가 자꾸 쓸어주는 느낌을 가질 법하다. 슬픔과 연민 속에, 또 그런 시간을 지나온 자아에 대해 위로의 마음을 갖는 것이다.

다락 이야기에 트레이시 슈발리에의 소설 『진주 귀고리 소녀』를 빼놓으면 섭섭하다. 이 책은 베르메르의 그림 〈진주 귀고리 소녀〉(1665년경)의 모델이 누구일까에 대한 궁금증에서부터 시작하여 작가의 상상력을 보태 소설화한 것이다. 소설 속 소녀는 생계를 위해 하녀가 되고, 화실 2층 다락에서 물감 재료를 만드는 조수 역할을 한다. 후원인의 요구와 화가 베르메르의 결심으로 그림 모델이 된 소녀는 화가에게 사랑의 감정을 간직하지만, 소녀는 귀부인의 모습으로도 하녀의 모습으로도 그림의 대상이 되고 싶지 않고 오직 자기 자신의 모습으로 남고 싶다. 화가와 모델은 그림의 마지막 정점이자 완성이 될 귀고리 문제에 부딪친다. 그림을 위해선 꼭 필요하다는 예술가의 요구와 자신을 파멸로 이끌지도 모른다는 소녀의 불안감이 상충된 것인데, 결국 소녀가 다락을 떠나는 계기가 되고 만다.

베트남 전쟁의 상처를 다룬 바오 닌의 소설 『전쟁의 슬픔』에서도 아버지의 화실로 다락방이 나온다. 아버지는 변하는 사회 분위기를 따라가지 못하는 소외된 예술가로 살다가, 죽기 전에 자신의 그림을 태운다. 이후 벙어리 여자가 다락방을 빌려 쓰면서, 절망과 고통에 허덕이는 주인공의 영혼을 위로하고 주인공의 원고를 챙기는 역할을 한다. "글을 써야만 한다! 잊기 위해서, 기억하기 위해서, 그리고 존재에 의미를 부여하고 구원의 길을 열기 위해서, 참고 희망을 품고 열망을 지키기 위해서, 글을 써야 한다!"는 말처럼 주인공에게 글쓰기는 시대가 자기에게 짐 지워준 부채 같은 것이면서 또한 고통을 직시하며 구원에 이르는 길이기도 했다.

꿈과 상상을
조물조물하는
다락

다락은 추리소설에도 자주 등장한다. 모네가 수련 연작을 그렸던 지베르니 마을을 배경으로 한 미셸 뷔시의 소설 『검은 수련』도 다락방에 '검은 수련'이 있다는 사실로부터 이야기가 전개된다. 수호천사를 자처하는 남편이 실제는 주인공의 예술에 대한 꿈을 꺾은 장본인이고 사랑하는 사람을 차례로 잃게 했던 악마라는 단순한 줄거리지만, 마지막까지 인물 간, 사건 간 연결 고리를 숨겼다가 한 번에 터뜨리는 흥미진진한 소설이다. 일독을 통해서 왜 수련이 하필이면 검은색으로 그려지게 되었는지 생각해보면 좋겠다.

추리소설의 지평을 연 에드거 앨런 포의 소설엔 지하실이 많

모네, 〈녹색 반사〉(부분, 1920~1926, 오랑주리 미술관 소장)

미셀 뷔시의 소설에 나오는 '검은 수련'은 모네의 수련 연작 250여 점에 들어 있지 않은 걸로 보인다. 그나마 '녹색 반사'에 검은색이 많이 쓰였는데, 저녁 어스름이 깔리기 직전의 연못 풍경이 왠지 더 선명한 느낌을 준다. 이 무렵 모네는 시력이 약해져서 색 구별에 어려움을 겪기도 했는데, 수련 얼굴에다 흰색, 노란색, 붉은색을 입힐 때 늙은 화가도 어둠 속에서 반기는 낯빛이 되지 않았을까.

이 등장한다. 중학 시절 잠을 설치게 했던 「어셔가의 몰락」「아몬틸라도의 술통」「검은 고양이」에 나타나는 지하실 분위기는 다락방과 구별되는 점이 있기에 아껴두었다가 지하실 관련 이야기를 따로 해봐도 좋겠다.

포의 소설에 영향을 받은 코난 도일은 『주홍색 연구』로 홈즈 시리즈를 열었는데, 소설 내용에 사건과 무관하지만 다락 이야기가 있어 눈길이 간다. 남들도 알 만한 내용을 홈즈가 모른다고 그의 충실한 동반자 왓슨이 놀라워하자 홈즈가 변명 삼아 한 말인즉, 인간의 뇌는 텅 빈 다락방과 같다는 거다. 온갖 잡동사니를 주워 넣다간 필요한 지식이 뒤죽박죽돼 꺼내 쓰지 못하게 된단다. 뇌의 용량은 무한대이고 사람들은 뇌의 일부만 겨우 사용할 뿐이란 얘기를 많이 듣지만, 인공지능이 바둑 최고 고수를 이기는 걸 보면 인간 뇌의 한계를 인정하지 않을 도리가 없다.

코난 도일이 죽고 난 뒤 그의 집 다락에 유령이 된 작가가 나타나 일기책을 찾더라는 가십 기사도 있듯이, 다락은 귀신의 아지트다. 언젠가 낮에도 컴컴한 다락에 올랐다가 앞에서 언급한 바 있는 "앞자락이 뜯긴 비키니 옷장"에 깜짝 놀랐던 기억이 있다. 비키니 자락이 앞머리를 늘어뜨린 귀신으로 보였던 것이다. 사람의 출입이 잦지 않고 전구 조도가 낮아 어두침침한 다락이야말로 비밀스럽고 음험한 분위기를 연출하는 데 적격이다.

귀신이라고 해서 다 무서우리란 법도 없다. 다락방에 그림책

'숲속작은책방'의 다락방

유럽 책방을 발품 팔아서 다니던 부부가 충북 괴산의
시골에 책방을 냈다. 지역 책방도 부지런히 탐방하고
이를 소개한 『작은 책방, 우리 책 좀 팝니다!』(남해의봄날,
2015)를 출간한 바 있다. 자본에 휘둘리지 않고 책이
소비되고 꿈이 유통되는 길을 모색하는 작은 책방엔
그림책 놓인 다락방이 숨겨져 있어 더욱 호기심을
자아낸다. (사진 출처: 백창화 작가)

이 있고 그 그림에서 나온 요괴들이 주인공을 돕는다는 내용의 영화 〈모모와 다락방의 수상한 요괴들〉(2012)이 생각난다. 모모는 어쩌면 미하엘 엔데의 소설『모모』에서 이름을 빌려왔을 것도 같은데, 엔데의 또 다른 작품『끝없는 이야기』에도 다락이 나온다. 학교에 적응하지 못하고 따돌림 당하는 소년이 건물 옥상에 있는 창고, 즉 학교 다락에 숨어든다. 여기서 책방에서 훔쳐 온 책을 읽다가 책 속 환상의 세계를 다녀온 뒤, 주눅 든 자기 삶을 스스로 일으킨다는 내용이다.

다락엔 귀신이 살고, 다락은 책 읽기 좋고, 다락은 환상에 빠져들기 좋다. 귀신 이야기는 다락의 이미지가 만든 허상이라 하더라도, 허상이 영감을 더 자극하기도 하고 삶의 진실을 드러내는 장치가 되기도 한다. 다락은 꿈과 상상을 조물조물하기 좋은 공간이다. 이런 다락에 대한 동경이 누군들 없겠는가.

새끼
말향고래의
꿈

많은 사람이 다락에 대해 덧붙일 이야기를 간직하고 또 이야기하고 있다. 정영주 시인은 시집『말향고래』[2]에서 다락에 관한 인상적인 시 세 편을 남겼다(「다락방의 말향고래」「다락방1」「다락방2」, 여기서는 시 전문 인용은 생략한다). 그 뒤를 따라 또 다른 다락의 세계로 한 발 더 들어가보자.

말향고래는 허먼 멜빌의 소설 『모비 딕』에 등장하는 향유고래의 일종으로, 이빨고래 중 가장 덩치가 큰 것으로 알려져 있다. 향유고래에서 양질의 기름을 얻을 수 있고 특히 토사물에서 채취되는 용연향이 향수의 재료로 각광받으면서 포경선의 주된 표적이 되었다.

「다락방의 말향고래」에서 말향고래는 유년을 지키는 수호자로 부름을 받았다. 시인은 말향고래를 유년의 다락방 이미지와 교차시킨다. 말향고래가 새끼를 품듯 '어린 나'를 품어주고 '나' 역시 스스로 새끼 말향고래를 키우기도 하는 데서, 말향고래와 '어린 나'의 밀착은 더 강해진다. 말향고래의 배 속은 곧 아이의 다락방이다. 동굴 같고 밀실 같은 아이의 다락방이 그 또래의 향을 간직하며 말랑한 곳이 되기를 바라지만 그렇지 못한 것은 주위가 불안해서다. 말향고래에겐 작살로 위협하는 고래잡이 선원이 있었지만, 아이에겐 아이러니하게도 술에 취한 아버지가 그런 존재다. 아버지의 고함과 험한 욕이 귀를 막을 정도로 싫고 사다리로 올라올까 봐 두렵다.

시인에게 유년의 다락방은 견디는 곳이다. 「다락방2」에선, 진흙에 짓이겨진 지푸라기처럼 반죽되어 외벽에 발라져 문드러질 것 같다는 고백까지 나온다. 그런 가운데 다락방은 아버지로 대변되는 우호적이지 않은 세계와 잠깐이나마 분리될 수 있는 숨구멍 역할을 했을 것이고, 이후 아이는 아버지 혹은 자신을 둘러싼 세계와 화해하거나 그 세계를 극복하면서 스스로 다락을 내려왔을 것이다.

시인은 이를 좀 더 극적인 장면으로 표현한다. 말향고래 등허리에서 뿜어내는 분수에 얹혀 세상으로 나오는 그림이 바로 그것인데, 고래에게 재채기를 유도해서 바깥세상으로 탈출하는 피노키오의 활약만큼 상큼하다. 이는 쓸쓸한 유년을 동화적 환상으로 보상받고 싶은, 자기가 자기에게 내미는 선물 같은 것일 테다.

「다락방1」에선 배가 고픈 아이가 다락 벽에다 손을 집어넣고, 밀떡이든 찐 감자든 필요한 것을 수시로 꺼내먹는 장면이 나온다. 손에 잡혀 나오는 물컹하고 따뜻한 것들은 물론 현실이 아니다. 다락 벽이 아이의 슬픔을 덜어준다는 마술적 상상이 가능한 것도 다락이 갖는 유형무형의 힘이다.

다락방의 오 촉 전구에 신문지를 둘둘 말아 도둑 빛으로 책을 보았다는(「다락방2」) 소녀는 금세 자라서 새끼 말향고래와 함께 세상을 마음껏 헤엄치고 있을 것이다. 그러면서 짚이는 생각 하나는, 그때 다락에서 읽었던 책들이 결국 현실을 견디게 하고 상상하는 힘을 길러주며 글을 쓰는 사람으로 살게 한 것이 아닐까 싶은 거다.

공중에
달아놓은
즐거움

정영주 시인의 시에 드러난 것처럼 다락은 공공연하게 개방된 곳
이라기보다는 비밀스럽고 사적인 성격이 짙다. 그러다 보니 혼자
만의 보물 창고가 되기도 한다. 이때 보물은 어떤 물건일 수도 있지
만, 방해받지 않고 마음껏 상상하고 편안하게 꿈꾸는 그 자체이기
도 하다. 다락은 상상에 상상을 더하게 하는 즐거움이 있다. 그래서
그랬을까. 임보 시인은 자신의 12층 아파트 방을 다락으로 부른다.

개신운헌(開新韻軒)은
청주(淸州)에 있는 내 다락방 이름이다
12층 높은 다락에서 밑을 굽어보면
여기가 바로 중천(中天) 구름 속만 같다
매실주 한 잔 앞에 놓고
이화중선(李花中仙)의 노랫가락이라도 울려 놓고 있으면
여기를 일러 선계(仙界)라 해도 무방하리라
지상(地上)에 사람들은 많아도 대작(對酌)할 사람이 없어도
세란헌주인(洗蘭軒主人)이 분양해 준 오죽(烏竹) 한 그루를
분에 담아 곁에 놓고 잔을 기울이는데

키는 작아도 잎의 기세가 맑아

그놈에게 '운정'이라는 호를 달았다

학교에서 돌아와 제일 먼저 베란다의 문을 열면

열다섯도 채 안 된 맑은 소녀의 손가락처럼

청순한 잎들이 하늘대며 나를 반긴다

그놈이 이리 정을 주다니 인연도 참 묘쿠나

그런데 지난 여름방학 중

몇 주일 서울에서 뒹굴며 지내다 문득

운정을 생각하고 부랴부랴 청주로 달려왔다

이 무슨 흉측한 꼴이란 말인가

운정은 목이 마르다 지쳐 누렇게 메말라 있었다

물을 듬뿍 붓고 놈의 몸에 손을 얹으니

잎이 우수수 떨어진다

내 무슨 욕심으로 그놈을 분 속에 가둬

이렇게 목 태워 죽이다니

그놈이 얼마나 나를 원망하며 불렀겠는가

운정의 시신(屍身)을 곁에 놓고 붓에다 먹을 입힌다

화선지 위에 청아한 그놈의 자태를 살려 보고자 하나

내 마음이 이미 흐려 붓이 말을 듣지 않는다

저 뿌리에서 혹 다시 싹이 돋아

부활할 수는 없단 말인가

오늘밤의 매실주는 쓰다
이화중선의 가락도 무겁다
내 다락은 이미 선실(先室)이 아니라
곡방(哭房)이다.
　　　― 임보, 「운정(韻井)」[3] 전문

　임보 시인은 창에 능하다. 낭송과 창을 곁들이는 낭창을 종
종 선보이는 이력답게 이화중선의 〈추월만정가〉도 즐겨들었을 성
싶다. 예전 어른 같으면 심청이 부친을 그리는 대목인 "청천(靑天)
의 외기러기는, 월하(月下)에 높이 떠서 뚜루루루루루 낄-룩, 울음
을 울고 가니"에 눈물 한 방울 듣는 일도 흔했을 것이다. 부친 전(前)
편지에 "한 자 쓰고 눈물짓고, 두 자 쓰고 한숨을 쉬니, 글자가 모두
수묵(水墨)이 되니, 언어(言語)가 오착(誤錯)이로구나"에 슬픔이 무진
배어 있어도 듣는 귀는 즐겁다. 시인은 그렇게 즐기던 가락이 이제
무겁게만 느껴진단다. 이유는 선물 받은 운정(오죽)이 자신의 부주
의로 말라 죽어가기 때문이다.
　법정 스님은 죽기 직전의 난에게 물을 대어주며 집착의 괴
로움을 말하고 무소유를 역설했지만, 임보 시인은 자책하며 슬픔
을 드러내는 것으로 망자에 대한 예우를 차린다. 화가 모네가 죽어
가는 아내의 모습을 그림 한 장으로 간직하듯 시인도 그림으로 다
시 시들지 않을 오죽을 간직하려 했으나, 거르지 못한 슬픔이 붓을

드는 데 방해가 된다. 이제는 아예 자신의 다락을 "곡방"이라고 칭하기까지 한다. 슬픔에 사무쳐 우는 것이 곡(哭)인데, 곡에 대해서는 오죽을 분양해준 "세란헌주인"(홍해리 시인)의 인상 깊은 시 구절이 있으니, "哭에는 개 머리 위에 두 개의 입이 있다/ 이쪽은 저쪽이 있어서 운다"(「옥계 바닷가에서」)는 것이다. 오죽이 있어서 오죽을 사랑하는 시인이 울듯이, 네가 있어 내가 울고 나로 인해 네가 우는 세상 인연이 오죽 기꺼운 건가, 또 오죽 슬픈 건가를 생각한다.

다락 이야기를 하면서 이 시가 와 닿는 것은 다락의 의미를 확장시켜놓아서다. 앞에서 말한 바 있는, 다락 자체를 공중에 '달아놓은 즐거움'으로 해석할 여지를 주는 작품이다. 실제 사전에도 다락은 사방을 바라볼 수 있도록 높은 기둥 위에 마루를 놓은 집이란 의미도 있다. 그래서 산 중턱이나 산꼭대기의 깎아지른 듯한 절벽 위의 집을 다락이라고 부르기도 하는 것이다. 여기에 아파트 한 층을 다락으로 부르는 연상 작용이 시 속에서 자연스레 이루어졌다.

높고 험하여 사람의 발길이 미치지 않는 곳에 자리 잡은 다락집 한 채도 좋지만, 지친 몸을 의탁할 수 있는, 시인의 말에 따르면 열네 평 남짓한 소박한 집 한 채도 퍽이나 소중한 것이다. 그 안에서 그림을 치고 시를 쓰는 일이 있기에 다락의 의미는 더 풍성해진다.

그림 형제의 삶과 길

그레텔, 젖은 눈으로 세상을 보다

잠자는 미녀의 가짜 평화

분홍신을 신고 마음껏 스텝을 밟는 자유

조금 나은 것들에 대한 희망

구름 안 상 없고 주저앉거나 떠나거나

동화를 사랑한 시인들

톳마루에 비스듬히 누운 손자를 무릎으로 당겨 귀지를 파주거나 일없이 머리를 쓸어주는 할머니가 생각난다. 할머니가 옛날이야기까지 꺼내기 시작하면, 한사코 밖으로 튀어나가려는 아이도 이때만큼은 순순해진다. 이야기가 주는 재미와 긴장이 문밖의 놀이를 잊게 하는 것이다.

특별할 것도 없는 이런 장면조차 점점 귀해지고, 따로 사는 할머니 대신에 젊은 엄마가 아이의 잠을 청하며 책을 읽어주곤 한다. 맞벌이와 살림살이에 지쳐 책 들 힘조차 없다는 엄마들의 하소연도 있다. 아이의 성화에, 또 미안함에 스마트폰을 아이 손에 덥석 쥐여주고는 조절 능력이 없다고 아이를 탓하기도 한다. 작은 스마트폰에 안 들어가는 것 없이 다 들어가는 현실에서, 책으로 읽고 육성으로 들려주는 옛이야기나 동화 구연이 이만큼 건재한 것도 다

루트비히 에밀 그림, 〈그림 가족이 살았던 슈타이나우 관사〉(1815)

그림 형제들 중 다섯째인 에밀 그림이 그린 것으로 추정된다.

1층 문 앞에서 아버지로 보이는 사람이 가족과 이웃을 물끄러미

지켜보는 장면인데, 큰 나무가 있어서 한결 여유롭고 평화로운 느낌이다.

(그림 출처 : 카셀 소재, 그림 형제 박물관)

행일 수 있지만 그 미래는 불투명하다.

동화는 질리지 않는, 끝없는 이야기의 보고다. 인물의 성격, 행동, 환경이 사건과 맞물리면서 인물의 운명이 결정된다. 여기에 고양된 아이는 자신을 돌아보고 자신을 둘러싼 주변 세계를 새로 인식한다.

재미있는 동화는 놀이보다, 밥보다 아이들을 더 유인한다. 물론 어른도 동화의 독자다. 형제가 작정하고 옛이야기를 수집해 책으로 엮은 그림(Grimm) 형제 동화는 지금껏 아이와 어른의 손을 떠나지 않고 있다. 나 역시 그림 동화는 그림이 많은 동화라는 오해를 갖고도 「빨간 모자」 「여섯 마리 백조」 등을 흥미롭게 읽었다. 근래에 그림 형제 동화를 다시 읽은 데다 독일 카셀에 있는 그림 형제 박물관까지 다녀오면서 관련 이야기와 시를 뒤적거린 게 이 글을 쓰는 밑천이다.

그림 형제의
삶과 길

먼저 그림 형제의 삶을 따라가보자. 야코프 그림(1785~1863)과 빌헬름 그림(1786~1859)은 독일 하나우에서 태어났고, 이를 기려 하나우 시청 앞 광장엔 그림 형제 동상이 있다. 형제가 5, 6세가 되었을 때

가족은 아버지 고향인 슈타이나우로 이사를 온다. 아버지는 형제가 열 살 남짓 되었을 때 돌아가시고, 이후 형제는 어렵게 학업을 이어 나간다. 아버지가 법 행정 일을 보던 관공서와 거기 딸린 숙소는 현재 그림 형제 기념관으로 이용되고 있다. 슈타이나우에서 형제 중 다섯째인 에밀 그림이 태어났다. 에밀은 그림에 소질을 보여 그림 형제의 초상을 여러 점 남겼고 그림 형제 동화에 삽화를 그리기도 했으니, 에밀을 포함시켜 그림 삼형제로 불러도 좋았을 것이다.

고등학교에 다닐 무렵 형제는 카셀로 왔고, 카셀 남쪽의 마르부르크 대학에서 법률을 전공한다. 이후 언어학과 민담 수집 쪽에 관심을 기울이며 1812년과 1815년 두 차례 『어린이와 가정을 위한 동화집』을 집필하게 되니, 지금까지 쭉 사랑받고 있는 그림 동화의 원본이다. 몇 차례 개작을 거쳐서 1857년 7차 개정판에 총 210편이 수록된 것이 최종본이다. 형 야코프는 『독일어 문법』을 정리해서 괴테의 지지를 받은 바 있고, 『독일어 사전』 출간에도 중심 역할을 하여 독일 통일의 밑거름이 되었다는 평가도 있다.

형제가 30년 가까이 머물렀던 카셀엔 그림 형제 박물관이 있다. 그림 형제를 기념하는 공간 중 규모가 가장 크다. 형제가 사서로 근무했던 장소는 당시 왕실로 기능했지만 현재 헤라클레스 상이 있는 빌헬름스회에 성 안이다. 그 아래 자리한 빌헬름스회에 궁전은 미술관으로 개장되었는데, 렘브란트나 루벤스 등 거장의 작품이 적잖다.

그림 형제가 카셀에서 도서관 사서로 일했던 것이 민담 수집과 정리에 결정적 역할을 했으며, 이때 채록한 「백설공주」「빨간 모자」「헨젤과 그레텔」「라푼첼」 등의 이야기는 영상이나 연극으로 끊임없이 재생산되고 있다. 「잠자는 숲속의 미녀」「신데렐라」 등 일부 이야기는 프랑스 작가 샤를 페로(1628~1703)가 앞서 발표한 것과 겹치는 부분이 있지만, 그림 형제는 처음엔 이 사실을 몰랐다. 지역은 경계가 있지만 이야기는 말뚝도 철책도 없다는 걸 간과한 거다.

사실 그림 동화 안에서도 유사한 내용이 잦다. 마녀가 빈번하게 등장하고, 마술이 어려움을 부르기도 하고 동시에 난관을 극복하게도 한다. 장면이 엉뚱하고 재기 발랄하며 판타지 요소가 수시로 개입하는 것이 나름의 흥밋거리일 수 있지만, 전후 맥락과 인과관계가 긴밀하게 연결되지 않는 면은 실망을 살 수도 있다. 행위에 대한 지나친 응징이 불편한 면도 있다. 채록한 이야기를 가급적 그대로 싣는다는 원칙에 충실해서 그런 면이 더욱 부각되었을 것이다. 그럼에도 수용자의 판단에 따라 다양한 이야깃거리가 재생산되고 있다는 것 자체가 그림 형제 동화의 매력인 것은 부인할 수 없는 사실이다.

그림 형제는 그들의 연구와 성과를 인정받아 1829년 괴팅겐 대학의 교수로 초빙된다. 연구의 편의와 안정적 수입이 보장되었지만 1837년에 이르러 어려운 선택에 직면한다. 하노버 왕이 시민의 자유권을 침범하는 구법으로 회귀하자 몇몇 교수들과 함께 왕에게 헌법 준수를 요구한 것이다. 괴팅겐 대학 400여 교수 중 그림 형제를 포함한 7명의 교수가 목소리를 냈고, 그 결과는 해고 통보로 돌아왔다. 이른바 괴팅겐 7교수 사건이다.

손관승 작가가 쓴 『그림 형제의 길』이란 책에서 '길'은 이 사건을 염두에 둔 표현으로 보인다. 동화의 길과 독일 통일의 길을 앞서 걸은 데다 무엇보다 자기 양심과 정의에 눈 감지 않고 참된 지식인의 길을 걸었다는 데 의미를 부여한 것이다. 그림 형제는 베를린 대학(훔볼트 대학)에 복직하면서 연구자의 길을 이어갔다.

그림 형제의 길은 그림 형제의 삶과 작품 곳곳에서 만날 수 있다. 이제부터 그림 동화와 관련된 몇 편의 시를 읽으면서, 그림 형제의 길뿐만 아니라 자신의 길을 고민할 수 있으면 좋겠다.

그레텔,
젖은 눈으로
세상을 보다

이케가미 순이치의 『숲에서 만나는 울울창창 독일 역사』를 보면 흥미로운 대목이 나온다. 독일에서 햄과 소시지가 유명해진 이유가 숲과 관련이 있다는 것이다. 겨울 채비를 위해 가축 사료를 아껴야 할 독일 농민들은 가을쯤이면 돼지를 숲에 방목해서 키운다. 도토리를 먹고 살이 찐 돼지가 햄과 소시지를 제공하는 것인데 숲이 많고 도토리 열매가 그만큼 흔해서 가능했던 일이다.

그림 형제 동화의 상당 부분이 숲을 배경으로 하는 것도 지역의 특성을 반영한 면이 커 보인다. 그중에서도 소름이 돋는 동화로 「헨젤과 그레텔」을 꼽을 만하다. 헨젤과 그레텔은 가족으로부터 숲에 버려진 아이들이다. 허영숙 시인은 오누이 중에 그레텔을 불러낸다.

상(像)1

저물자 예고도 없이 눈이 내린다 하얀 점들이 길을 가득 메운다 멀거나 가깝게 있던 풍경을 또 다른 풍경이 덮는다 길을 내며 온 것들이 다시 돌아갈 수 없도록 누구도 읽을 수 없는 비밀 하나가 생겨난다 갈피도 없이 하루의 기록이 빠른 속도로 덮인다

상(像)2

엄마에게 손목 잡힌 아이들이 모두 돌아간 후 혼자 남은 아이가 방죽에 앉아 둥글게 몸을 만다 늦도록 아무도 데리러 오는 이 없는 아이가 사금처럼 반짝이는 부름을 목 놓아 기다리지만 어둠이 길을 끊어놓

는다 눈이 아이를 점점 지운다 믿지 마 그레텔, 뿌려놓은 부스러기 달

조각들은 오늘 뜨지 않는단다 두려움이 방광 가득 고인다 요의를 참지

못하고 겁을 지리는 아이

눈 내리는 저물녘이면 기억의 원근에 웅크린 시절을 선명하게 밀어

올린다 오래 들여다보면 눈물이 먼저 차올라 저녁이 휘어져 보이던,

— 허영숙,「매직아이」[1] 전문

헨젤과 그레텔을 버린 주체는 계모이지만, 아이 입장에서는

끝까지 말리지 못한 아버지가 더 원망스러울 수 있겠다. 부부의 극

단적인 선택의 빌미는 계모의 성격 파탄이 아니라 햄과 소시지를

나눌 수 없는 가난이다.『삼국유사』에 나오는 조신 부부가 사랑을

의심치 않으면서도 굶주림 끝에 식구를 나누어 헤어질 마음을 내

는 것과 다르지 않다.

헨젤과 그레텔을 살찌게 해서 오븐에 구워 먹으려 했던 마녀

는 어떤가. 마녀의 이상 행동은 공포심을 부추기지만, 여론 몰이로

마녀사냥을 일삼던 중세의 경험이 더 큰 공포로 남아 있었던 상황

을 생각하면, 동화 속 마녀는 집단 광기의 타깃이 되지 않기 위해

숲속에 숨어든 존재일 수도 있다. 의도는 다른 데 있다 치더라도 아

이들의 굶주림을 면하게 해준 마녀는 자신이 불구덩이에 떠밀려

떨어짐으로써 아이들을 다시 세상에 내보낸 슬픈 조연이다.

동화에서 시인의 시로 옮아가보자. 눈이 내려 세상의 길을 자꾸 덮으니 애써 온 길이 더 이상 길이 아닌 게 된다. "누구도 읽을 수 없는 비밀 하나"는 겉으로 보는 세상 이면의 딴 세상을 슬몃슬몃 보여주는 매직아이의 세계이고, 매직의 주인공은 "아무도 데리러 오는 이 없는 아이"다.

길에 군데군데 떨어뜨린 빵부스러기는 집을 찾는 오누이의 믿는 구석이지만 현실은 빵 조각도, 달 조각도 기대할 수 없다. 시인의 상념 속에서는 헨젤이 사라지고 그레텔 혼자 눈을 맞는다. 저물도록 혼자인 아이를 눈(雪)이 덮고 눈이 지운다. 어쩌면 보는 눈이 흔들리기도 했을 것이다. 계모와 마녀, 추위와 어둠 등 적의로 가득한 것이 동화 속만은 아니다. 그레텔로 불리는 아이는 시인의 유년일 수도 있고, 이웃의 소외된 아이일 수도 있다. 동화 바깥으로 나온 어른은 고립된 아이가 쓸데없는 희망을 가지지 않도록, 그래서 더는 상처받지 않도록 돕고 싶은 마음이기도 했을 것이다. 하지만 어찌해볼 수 없는, 아무도 돕지 않던 유년의 한때는 온전히 그 아이의 몫으로 있을 뿐이다. 그 순간의 막막함을 생각하며 시인은 "눈물이 먼저 차올라" 그제야 눈을 떴을 것이고, 그 눈에 "저녁이 휘어져 보이던"이라는 인상적인 시구를 남긴다.

눈에 얼비치는 상(像)의 실체가 무엇이든 간에 상에서 빠져나오기 위해선 눈의 근육이 필요하다. 근육과 맷집을 키워 세상에 맞설 준비를 하면서 아이는 어른으로 성장해간다. 매직아이(eye)에서 마법 아이(boy)를 떠올리게 되는 것은 동화의 영향일 게다. 혼자인 아이에게 엄마를 주고, 빵을 주고, 이웃을 주는 마법을 상상한다. 그 마법의 열쇠는 시인이 그러했듯이 젖은 눈으로 세상을 보는 것일 테다.

잠자는
미녀의
가짜 평화

동화에서 마법은 마녀나 마법사가 지팡이를 잡거나 주문을 외우면서 시작되고, 평범한 사람들의 소원을 들어주기도 한다. 지금은 어떤가. 평범한 사람들의 소원은 마법이 아니라 실천으로 이루어진다고 말하는 게 낫겠다. 이선영 시인의 아래 시는 그 실천에 대한 고민을 담고 있다 . 시의 소재가 된 「잠자는 숲속의 미녀」는 「헨젤과 그레텔」과 마찬가지로 숲이 배경인 동화다.

옛날 숲속에 자칭 잠자는 미녀가 살고 있었다
그녀는 어느 날 백마 탄 왕자가 나타나 그녀를 깨울 때까지는
계속 잠만 자야 하는 것인 줄 굳게 믿고 있었다

잠을 깨운다

벌거벗긴 채 닫힌 문 밖에 껍질 벗긴 자두모냥 서 있는 다섯 살짜리
아이의 흐느낌이,
한 달째 놓쳐버린 줄풍선인 여자아이들이,
하루도 쉬지 않고 늘 담장에 핀 소담한 꽃이었던 양순한
포장마차 내외가 단속에 밀려 겨우내 차디찬 가지와 줄기로 얼어붙
어 있는 것이,
등 따스운 잠을 깨운다

하지만 잠자는 숲속의 미녀는 깨어나지 않는다
그녀의 잠을 깨우기에는 무언가 2% 모자란가보다
그녀는 아직 먼 나라의 꿈을 꾸는가보다 그 꿈은 좀처럼
깨어나기 싫은 꿈인가보다
걸어잠근, 작지만 아늑하고 깊은 방인가보다

'영등포 슈바이처'라 불린 한 의사의 쓸쓸한 죽음이,
석면공장 근로자들의 20여 년 잠복기 석면폐증이,
딸 옆에서 유서를 쓴 한 대학 강사의 돌연한 죽음이,
포근한 잠을 깨운다

이제 잠자는 미녀의 숲은 철거되어야 함을
더 이상 그녀를 재워줄 숲은 없음을

잠을 자다가 그대로 숲그늘의 고락과 함께 묻혀버릴 수 있음을

눈치 채지 못하고 있는

잠자는 숲속의 미녀를, 그녀가 너무 오래 누리고 있는

평화를, 혹독함의 왕자여, 처참히 흔들어 깨워다오!

— 이선영, 「잠자는 숲속의 미녀」[2] 전문

시인은 숲속 미녀가 잠에서 깨지 않는 걸 마법 탓으로 돌리지 않는다. "백마 탄 왕자"가 올 때까지 잠에서 깰 일이 없는 거라고, 다른 일로는 깨고 싶지 않다고 미녀 스스로가 자기암시를 강하게 걸어둔 데 혐의를 둔다.

미녀를 움직이게끔 추동하는 사건들이 없는 건 아니다. 당대 사회면을 장식했던 일 중에 시인이 마음 아프게 생각하며, 동시대인들이 더 많은 관심을 가졌으면 하는 일들이다. 발가벗겨진 채 문밖에 내쳐진 다섯 살은 이웃의 아이 학대 문제를 다룬 것이다. 줄풍선 든 여자아이들은 관련 상황을 특정하기 쉽지 않지만, 일제고사를 치르지 않아서 해고된 담임교사를 돌려달라고 풍선을 든 학생들 기사가 있긴 했다. 이 가정이 사실이 아니라 하더라도 억울하고 부당한 일을 널리 알리고 잘못된 결정을 바르게 돌리는 데 비폭력 저항의 상징인 풍선이 큰 역할을 하고 있다.

또한 시인은 단속반 때문에 겨우내 일을 못한 포장마차 부부 이야기를 통해, 소외된 이를 더 힘들게 하는 법질서라든지, 그런 사

회에 목소리를 내지 않는 다수의 무관심에 경종을 울리고 싶어 한다. 당연히 해야 할 일을 하는 것이야말로 그 사회의 건강성을 보여주는 것일 텐데, 미녀는 요지부동이다. 주목받는 삶의 주인인 숲속 미녀이지만 자신만의 "아늑하고 깊은 방"에서 나올 생각이 전혀 없어 보인다.

환기해야 할 세상일을 시인은 또박또박 나열한다. "영등포 슈바이처"는 무료 병원을 운영하며 노숙자와 외국인 노동자에게 의료 서비스를 베풀었던 선우경식 선생이다. 그의 죽음은 쓸쓸한 일이지만 아름다운 선행은 제2, 제3의 영등포 슈바이처를 낳고 있다. 석면폐증은 석면의 가루가 호흡기를 통해 폐에 달라붙어 조직이 굳는 치명적인 질환이다. 자본의 확장에 비해서 노동자의 처우 개선은 더디기만 하고, 열악한 환경에서 죽음을 부르는 일들이 무시로 생겨나는 현실이다. 스크린도어와 컨베이어벨트에서 생목숨을 앗긴 비정규직 하청 직원의 안타까운 사연은 해마다 되풀이되고 있다. 대학 강사 역시 비정규직으로 불안정한 고용과 비인간적인 대우를 견디지 못하고 유서를 남긴 것이니, 이 사회가 타살한 혐의를 지울 수 없다.

이런 사회에서의 "평화"는 가짜다. "너무 오래 누리고 있는/평화"를 불편하게 받아들이고, 남의 일이 아니라 자기 일로 받아들이고 깰 때가 되었다는 것이다. 깨어서 사회를 조금이라도 좋은 쪽으로 바꾸는 데 힘쓸 때, "차디찬 가지와 줄기로 얼어붙어 있는 것"

에 온기가 닿아 세상은 비로소 봄이 되고 평화가 된다.

동화 「잠자는 숲속의 미녀」는 샤를 페로의 동화와 그림 형제의 동화에 큰 차이가 없다. 미녀가 백 년 만의 잠에서 깨어날 때 왕자의 입맞춤이 있었던 것도 다르지 않다. 다만 이와 유사한 이야기인 「백설공주」에서 공주가 잠에서 깨어나는 장면은 상황이 서로 다르다. 샤를 페로의 동화에서는 관을 메고 가던 시종이 덤불에 걸려 넘어지는 바람에 그 충격으로 미녀의 목에 걸린 사과 조각이 빠져나왔고, 그림 형제 동화의 백설공주는 그 누구의 도움 없이 스스로 관 뚜껑을 열고 나온다. 아무려나 입맞춤이든 우연의 힘을 빌리든, 잠에서 깨고 안 깨고의 선택은 주체의 의지라고 메모해둔다.

분홍신을 신고
마음껏 스텝을 밟는
자유

숲속의 누구든 자기 발로 걸어서 숲을 나오려면 불편한 구두 대신에 운동화를 신는 게 편리하다. 미녀와 공주에게 어울리는 신발이 따로 있다고 믿는다면 때 지난 계급 사회의 의식일 뿐이다. 하층민인 춘향과 신데렐라의 신분 상승은 그 자체로 기존 질서를 뒤흔드는 파격적인 일이긴 하지만, 계급 사회 자체를 부정한 것은 아니다.

어쨌든 「신데렐라」에서 신데렐라는 신발 한 번 신고 나서 재투성이 소녀에서 왕비로 신분이 수직 상승한다. 그 신발에 대한 소문도 여간 가십거리가 아니다. 원래는 털가죽신(vair)이었던 것을 샤를 페로가 잘못 표기하여 유리 구두(verre)로 바뀌었다는 설이 있다. 그림 형제의 동화에선 털가죽신도 유리 구두도 아닌 황금 구두로 소개하고 있다. 발가락과 뒤꿈치를 자르며 신발을 억지로 신으려 했던 계모의 두 딸은 페로 동화에선 용서받는 쪽으로 개작되고, 그림 동화에선 두 눈까지 쪼이는 벌을 더하게 된다.

「백설공주」의 계모가 받은 형벌도 신발과 관련이 있다. 뻘겋게 달군 쇠신발을 신고 땅에 쓰러져 죽을 때까지 춤을 추어야 했다. 그림 동화의 「사랑하는 롤란트」나 「가시덤불 속의 유대인」에서는 바이올린 소리에 마녀와 주위 사람들이 끝없이 발을 놀리며 춤을 춰야 하는 장면이 나온다. 그렇지만 정작 분홍신 이야기는 샤를 페로나 그림 형제의 동화가 아니라, 일련의 이야기에서 창작의 아이디어를 얻은 안데르센(1805~1875)의 동화다. 동화에서 빨간 구두를 신은 여자아이는 춤을 멈출 수 없다.

음악에 몸을 맡기자
두 발이 미끄러져 시간을 벗어나기 시작했어요
내 안에서 풀려나온 실은
술술술술 문지방을 넘어 밖으로 흘러갔지요

춤추는 발이

빵집을 지나 세탁소를 지나 공원을 지나 동사무소를 지나

당신의 식탁과 침대를 지나 무덤을 지나 풀밭을 지나

돌아오지 않아요 멈추지 않아요

누군가 나에게 계속 춤추라고 외쳤죠

두 다리를 잘린다 해도

음악에 온전히 몸을 맡길 수 있다니,

그것도 나에게 꼭 맞는 분홍신을 신고 말이에요

당신에게도 들리나요?

둑을 넘는 물소리, 핏속을 흐르는 노랫소리,

나는 이제 어디로든 갈 수 있어요

강물이 둑을 넘어 흘러내리듯

내 속의 실타래가 한없이 풀려나와요

실들이 뒤엉키고 길들이 뒤엉키고

이 도시가 나를 잡으려고 도끼를 들고 달려와도

이제 춤을 멈출 수가 없어요

내 발에 신겨진, 그러나 잠들어 있던

분홍신 때문에

그 잠이 너무도 길었기 때문에

— 나희덕, 「분홍신을 신고」[3] 전문

이 시는 안데르센의 「빨간 구두」 내용을 빌리되, 말하고자 하는 바는 사뭇 다르다. 「빨간 구두」의 가난하고 어린 소녀 카렌은 다른 신발이 없어서 하나밖에 없는 빨간 구두(분홍신으로 번역한 경우도 있다)를 신고 어머니 장례식을 치르다가 귀부인의 눈에 띄어 입양이 된다. 카렌은 빨간 구두가 행운을 주었다고 생각하고, 교회에 갈 때는 검은 구두를 신으라는 귀부인의 요구를 무시하고 빨간 구두를 고집한다. 주목받고 싶은 욕망이 더 강했기 때문이다. 병을 얻은 귀부인을 간호해야 할 처지도 잊고 카렌은 빨간 구두를 신고 무도회에 나선다. 그러다 어느 순간부터는 빨간 구두가 발의 일부가 되어 벗겨지지도 않고 그녀를 내내 춤추게 만든다. 결국 귀부인의 장례식에도 참석하지 못하고 자신의 잘못을 뉘우치던 카렌은 사형 집행인에게 자신의 두 발을 잘라달라고 요구한다. 발이 잘린 빨간 구두는 그러고도 얼마간 춤추기를 멈추지 않았다는 것이 동화의 전말이다. 절제되지 않은 무분별한 욕망의 끝을 섬뜩하게 보여주기에 잔혹 동화의 부류에 넣기도 한다.

위의 시는 동화의 전개 내용만 빌려, 욕망을 누르거나 욕망을 실현하려는 자아에 대해 언급할 뿐 그 대가에 대해선 말하지 않는다. 오히려 억압하고 감추었던 욕망을 "강물이 둑을 넘어 흘러내리듯" 그렇게 실현시키려는 힘을 주문한다. 그 과정에 "실들이 뒤엉키고 길들이 뒤엉키고" 해서 곤란을 겪기도 하겠지만, 그 엉킴이 문제가 아니라 고여 있는 실뭉치, 나서지 않는 길이 더욱 자아를 조이는 죽은 평화일 뿐이라는 생각을 갖게 한다. 파국을 부르는 욕망의 부정적 면을 무시할 수는 없다고 하더라도, 동시에 욕망에 대한 지나친 경계로 인해 자기표현과 자아실현의 기회마저 앗기지는 않는지 돌아봐야 한다. 설령 이 도시가 도끼를 들고 공포를 조장하지 않더라도 욕망은 당대의 보편적인 질서 혹은 가치관을 저도 모르게 껴입으면서 고분해지는 면이 있기에, 이를 직시할 필요가 있는 것이다.

이처럼 「빨간 구두」를 빌린 나희덕 시인의 분홍신은 주제 면에선 동화와 상반된 입장이지만, 동화의 주제를 하나로 한정해 보는 시각만 버린다면 이상할 게 하나 없다. 작가란 엉킨 실타래를 자기 식으로 풀어서, 보란 듯이 던지는 존재가 아닌가. 나희덕 시인은 고아도 아니면서 고아원에서 자란 경험을 갖고 있다. 학교에서는 고아원 아이로 여겨지고, 고아원에서는 부모가 있는 신분 다른 아이가 되면서, 그 어디에도 섞이지 못한 상처를 말한 바 있다. 눈에 띄는 분홍신일랑 일부러 더 외면해야 했던 쓸쓸한 유년이었을 게다. 시인은 이제야 분홍신을 신고, 깊은 잠을 깨우며 스텝을 밟는다. 남의 시선에 붙잡힌 마음을 발끝으로 흩뜨리고 춤에 전념하는 그녀를 말릴 수 없다.

조금 나은
것들에
대한 희망

분홍신을 만지작거리는 대신 기차표를 손에 쥐고 다른 세상을 꿈꾸던 진주역 소녀도 있었으니, 기차 가는 쪽을 늘 그리다가 서울역지나 뮌스터 역에 닿은 허수경 시인이다. 생전의 그녀는 브레멘까지 가자고 거듭 말한 적이 있다.

우리 브레멘으로 가는 거야

죽음을 당하기 전에

브레멘으로 가면 뭐가 있을지 아무도 모르지만

그곳에 가면 음악대에 들어갈 수는 있다고

늙은 나귀가 말했지

브레멘이라고 들어봤어?

그곳은 어디에 있나?

그곳이 있기는 하나?

더 이상 죽음 없이 견딜 수 있는 흰 시간은 오지 못할걸

이 세계에서 빛이 가장 많은 곳에

가장 차가운 햇빛은 떨어지고
죽음보다 조금은 나은 일들이 그곳에서 우리를 기다리고 있다네

우리 브레멘으로 가는 거야
나귀와 개, 고양이와 수탉이 되어
주야장천 붉은 음악에 몸을 흔들면서
없는 곳을 찾아가는 여행을 하다가

도둑의 집 그 심장 속에서
음악을 허겁지겁 집어 먹으며
물어보는 거야
아니, 브레멘이라는 곳은 도대체
있는 거요, 없는 거요
— 허수경, 「우리 브레멘으로 가는 거야」[4] 전문

    그림 동화의 고장인 독일에서는 지역 마케팅을 위해 동화를 연계시키려는 움직임이 활발하다. 그림 형제가 교수로 있었던 괴팅겐 대학 앞 분수대에는 〈거위 치는 소녀상〉을 두어 지금도 키스 세례를 받고 있다. 알스펠트에서는 「빨간 모자」의 주요 무대임을 홍보하며 빨간 모자 소녀의 조각상을 설치하고, '동화의 집'을 운영하고 있다. 문화를 다투어 선점하고 생산하고 소비하게 함으로써

도시의 부가가치를 높이고 있는 것이다.

그림 동화 자체엔 지역 이름이 거의 명기되지 않았으나 동화 채록 장소 등을 내세워 주요 문화관광 자원으로 활용하고 있다. 「하멜른의 피리 부는 사내」와 「브레멘 음악대」는 지역 이름을 밝힌 특별한 경우다 보니, 두 도시는 어느 지역보다도 그림 동화의 후광을 받고 있다. 실제 브레멘을 찾는 관광객들은 시청 광장에 있는 브레멘 음악대 조각상에 가장 많이 붐빈다. 광장에서 들어서는 골목마다 브레멘 음악대 상품을 만나서 개중에 하나쯤은 사게 마련이다.

허수경 시인은 독일에 있으면서 그림 동화를 우리말로 번역해 출간한 경험도 있으니 브레멘에 몇 번은 다녀갔을 것이다. 하지만 그림 동화를 시 작품으로 가져온 것은 거의 보이지 않는다. 그러면 하고많은 그림 동화 중에 시인이 불러낸 것이 왜 브레멘이었을까?

동화의 시작은 어둡다. 당나귀, 개, 고양이, 수탉은 한때 짐을 나르거나, 사냥에 도움을 주거나, 쥐를 잡거나, 시간을 알려주는 쓸모가 있었으나, 나이가 들어 그 쓸모가 떨어지면서 주인에게 죽음을 당할 위기에 처한다. 주인의 처분을 고분고분 받아들이지 않고 당나귀, 개, 고양이는 가출하고, 수탉은 악을 쓰며 소리를 지른다. 이중에 리더 격은 당연 당나귀다.

당나귀가 브레멘 음악대에 대한 정보를 어떻게 얻었는지는 알 수 없지만, 낭패스런 처지에 있던 동료에게 희망을 주면서 방향

성을 갖고 떠날 수 있게끔 돕는다. 브레멘 음악대가 미래의 일이나 가치로 존재하는 한 당나귀, 개, 고양이, 수탉은 의기소침을 벗고 활력을 찾을 것이다. 그러니 "우리 브레멘으로 가는 거야"라는 권고는 무기력과 자포자기를 벗고 새로운 곳으로 나아가려는 의지의 표현으로 볼 수 있다.

동화에선 브레멘 가는 길에 도둑 소굴을 발견한 당나귀와 친구들이 도둑들을 모조리 내쫓고 그곳을 자신들의 보금자리로 삼는다. 혹여 삶의 벼랑으로 몰린 사람들의 마지막 선택이 도둑이기도 하다는 생각을 가진다면 이 이야기는 벼랑이 벼랑을 밀고, 을이 을과 다투는 이야기가 되고 만다. 더 무서운 도둑은 얼굴을 드러내지 않고 주먹이나 발길질이 미치는 범위 밖에 있다. 실컷 노동을 착취한 다음에 일자리를 빼앗고 다수의 서민을 길거리로 몰아내는 지배 세력이 진짜 도둑에 가까울 것이지만 이들을 불편하게 만드는 내용은 동화로 수용되기 어려웠을 것이다.

어쨌든 도둑의 아지트를 빼앗은 친구들은 정작 브레멘으로 가지 않는다. 시인 역시, 브레멘이라는 세상을 두고 낙관적인 기대를 일삼는 취미는 전혀 없다. 오히려 브레멘은 "없는 곳"이고, 일행은 "없는 곳을 찾아가는 여행" 중이라는 의구심도 갖는다. 기껏 그곳 브레멘에는 "죽음보다 조금은 나은 일들"이 있을 뿐이다.

희망 없는 현재는 죽음과 다르지 않다는 전제 하에 '죽음' 대신 '지금'을 넣어, "지금보다 조금은 나은 일들"로 바꾸어 읽어도 좋

게르하르트 마르크스, 〈브레멘 음악대 조각상〉(1953)
브레멘 광장은 구시청과 성 페트리 대성당이 나란히 있고,
그 전방에 도시의 자치를 상징하는 롤란트 상이 있다.
구시청 뒤로 돌아가면 브레멘 음악대 조각상을 만날 수
있다. 당나귀 다리를 만지며 소원을 빌면 이루어진다는
소문이 있어서 다리 주변이 반질반질하다.

겠다. 미미하더라도 조금은 나은 일들을 선택지에서 매번 고를 수 있다면 그 조금은 큰 차이를 만들어줄 것이다. 아주 나은 인생을 꿈 꾸지 않더라도 조금 나은 것에 대한 희망을 간직하는 일이 소중하 다. 브레멘으로 한 걸음 내딛는 것은, 조금 나은 일들에서 그 조금 을 애써 행하는 일임을 알겠다.

구름 안장 없고
주저앉거나
떠나거나

희망을 가지고 열심히 사는 일이 소중하다 해서 그 희망을, 돈을 더 갖거나 명예를 누리거나 성취를 얻는 일에 두는 건 자신을 옭아맨 밧줄을 남에게 맡긴 것처럼 불안한 일이다. 그 밧줄로부터 자유롭 지 못한 게 현실이긴 해도, 동화 세계에서는 재미난 발상과 놀라운 상상력으로 현실의 중력을 곧잘 잊게 한다. 송찬호의 시는 그런 동 화적 상상력에 능수능란하다는 인상을 준다.

이런 집이 있다 구름 안장만

얹어놓아도 힘들다고

등이 푹 꺼지는 게으른 집

그래도 문을 열고 들어가면 반갑다고
방울 소리 울리는 늙고 꾀 많은 집

그래도 그것을 집이라고 나는,
생활을 고삐에 단단히 매둘 요량으로
집 앞 물가에 버드나무도 한 그루 심고
나귀가 좋아하는 호밀의 씨도 뿌렸다

그리고 가끔 이런 생각을 한다
호밀 한 자루 팔아 거위를 사고
거위를 팔아 양을 사고
양을 팔아 구름을 사면
언제 그런 부귀의 구름 위에 사는 날이 오기는 할까

벌써 버드나무는 지붕보다 높이 자라고
바람은 날마다 호밀의 귀를 간질이는데,

아직도 이런 집이 있다
해가 중천인데도 창문에 눈곱이 덕지덕지한 집
집 뒤 갈밭에 커다란 임금님 귀가 산다고 소리쳐도
들었는지 말았는지 기척 하나 없는 여전히 모르쇠의 집

— 송찬호, 「당나귀」[5] 전문

당나귀는 백석과 윤동주가 좋아했던 동물이고, 송찬호 시인도 사석원 화가의 '꽃과 당나귀'를 빌려 「안부」를 묻기도 했으니 당나귀에 대한 애정이 남다를 법하다. 위 시에선 아예 당나귀와 시인이 동일시되는 듯한 느낌마저 준다.

그림 동화와 이 시는 직접 연결이 안 되는 작품일 수도 있지만, 무언가를 팔고 사는 일의 반복된 구조는 그림 동화의 「행운아 한스」를 빼닮았다. 내용은 이렇다. 칠 년 치 품삯으로 큰 금덩어리를 받은 한스는 어머니 집으로 돌아가기로 한다. 금의 무게에 눌려 힘들게 걷던 한스는 빨리 가는 말이 부러워 비싼 금과 맞바꾸기로 한다. 말안장에서 떨어진 뒤에는 말을 소로 바꾸고, 젖을 짜다가 소의 뒷발에 채인 뒤에는 소를 돼지와 바꾼다. 마을사람에게 거듭 속아 돼지를 거위와 바꾸고, 거위를 돌덩이에 불과한 숫돌과 바꾼다. 돌의 무게가 짐스러울 즈음, 그 돌을 실수로 우물에 빠뜨리고 만다. 한스는 자신처럼 운이 좋은 사람은 없을 거라며 진심으로 행복해한다.

금이 돌이 되고 돌마저 잃으니 고생만 잔뜩 한 꼴이다. 이런 바보가 없다는 얘기 정도로 웃고 지나면 그뿐이지만, 정말 웃을 일인가 하는 한 가닥 생각이 이 시를 만나면서 가닥가닥 확장된다. 어리석음을 깨닫고 자책의 시간을 보내야 할 당사자는 전혀 그럴 마음이 없다. 오히려 모든 걸 다 놓아버렸을 때의 자유를 만끽한다. 금에 집착하고 조그마한 손해에도 민감해질 때 불편과 불만과 부자유가 따라오는 것이라면, 부를 얻지 못하거나 부를 더 부하게 하지 못해서 늘 마음 쓰고 살아야 하는 것이라면 한스의 선택을 마냥 웃을 수도 없는 일이다.

호밀 한 자루를 팔아 거위를 사고, 거위를 팔아 양을 사는 시인의 선택은 한스와 다르게 이익을 남기고 더 나은 내일을 기약하게 한다. 그 기대를 반하는 것은, 양을 팔아 구름을 사고 구름 위에 사는 날을 꿈꾸는 대목이다. 시인은 한스와 다른 길을 밟고도 한스와 같아진 거다. 구름이 부귀를 줄 리 없고, 고삐에 매인 생활과 생계로부터 자유로워지는 일도 난망하다. 그렇더라도 높고 평화로운 세계에 한 점 구름으로 표표히 떠다니는 꿈이 절실하지 않은 건 아니다. 평생 배부르게 먹고 남의 짐만 지고 살 것인가, "게으른 집"에서 게으를 수 있는 자유를 누릴 것인가. 물론 현실의 선택지는 그렇게 단순하지 않다. 다만, 그대가 견디기 힘든 답답한 현실 속에 있다면 구름 안장을 얹고 떠날 궁리만 해도 한결 나아지긴 할 것이다.

동화는 현실로부터 멀리 떠남으로써 오히려 현실을 날것으로 생생하게 환기시키는 면도 있다. 앞서 나희덕의 「분홍신을 신고」도 보았지만, 송찬호는 「분홍 나막신」으로 변주하여 사랑이란 이름으로 희생과 굴레를 뒤집어쓰는 면이 있음을 말하기도 했다. 동화를 읽은 시인들이 동화를 재해석하며 자신의 이야기를 새로

칼 하셴플루크, 〈동화 아주머니〉(1889)

이 조각상을 만든 칼 하셴플루크는 카셀 미대 조각과 교수이며,

그림 형제의 막내 여동생 샤를로테의 아들이기도 하다.

(작품 출처 : 카셀 소재, 그림 형제 박물관)

쓰고 있음을 보여주는 것이다.

끝으로, 그림 형제 박물관에서 만난 동화 아주머니 조각상을
소개할까 한다. 그녀 이름은 도로테아 피만. 도로테아는 여관집 딸
로서 그림 형제가 이야기를 취재하는 데 적극 응하며 「신데렐라」
등을 구술해주었다. 그림 형제로 하여금 독일 민간에 뿌리를 둔 이
야기로 착각하게 만든 여인이기도 하다. 조각 속 그녀는 짐짓 마녀
연기라도 하는 걸까. 여인의 표정에 웃음기가 사라지고, 치맛자락
을 잡은 아이들은 여인에게서 눈을 떼지 못한 채 이야기 세계에 빠
져 있다. 아이들은 동화 속에서 모험을 살고 꿈을 꾼다. 동화를 들
으며 삶에서 중요한 것과 덜 중요한 것, 해야 할 일과 하지 말아야
할 일을 배우기도 한다.

조각상을 자세히 보면, 동화 여인의 치마 위에 꽃 한 송이가
놓여 있다. 동화를 말하고 동화를 듣는 장면에 꽃을 내어주는 마음
으로 읽는다.

일용할 슬픔의 높이

먹고사는 일이 거리낌이 되어

기침 소리도 멎게 하는 책 읽기

책과 밥과 휴식

밥과

책에 대하여

소설가 이태준은 『무서록(無序錄)』에서 '책'보다 '冊'이 더 책답다고 했다. 여기엔 책은 펼쳐놓아야 더 책 같다는 의미도 있을 것이다. 책은 또 하나의 열린 세상이다. 빠져들면 들수록 더 신비한 세상, 그 모험을 사는 순간에 독자는 책의 볼모가 되어 평생 책으로부터 자유롭지 못할 수도 있다.

이 불쌍한 사람을 '책'으로부터 구제(?)해주는 게 있다면 그건 '밥'일 가능성이 높다. 어떤 이는 책이 곧 밥이 되는 경우도 많다고 항변할 테고, 새삼스레 지식 사회, 문화 사회 운운하지 않더라도 그 항변은 충분히 정당하다고 생각한다. 하지만 밥이 되지 않는 책, 밥이 되지 않는 글에 빠져 사는 사람도 고금을 통하여 결코 적은 수가 아니다. 책 사랑이 지나쳐 책 중독자라 일컬을 만한 위인들은 대개 실용적인 책을 멀리한다는 점도 이런 현상의 한 이유가 될 것이다.

이태준, 『무서록』(1941)

수선화를 표지 그림으로 해서 월북
화가이자 미술사학자인 김용준이
장정했다. 이태준과 김용준은 도쿄
유학 시절 만나 막역한 사이가
되었는데, 이태준의 『무서록』과
김용준의 『근원수필』을 나란히
두면 책의 주인이 누구인지 헷갈릴
정도로 두 사람의 취미나 개성이
꽤나 닮았음을 알 수 있다. 성북동에
수연산방(壽硯山房)을 짓고 먼저
자리 잡은 이태준, 그 뒤를 좇아
노시산방(老枾山房, 이태준이 지어준
이름)에 든 김용준. 전쟁 소용돌이
속 월북과 뒤따른 파국으로 둘의
아름다운 시절이 그리 길지 못했던
것은 개인사뿐만 아니라 문학사의
비극이기도 하다. (사진 출처 : 삼례
책마을 박대헌 관장)

일용할
슬픔의
높이

책은 冊처럼 펼쳐야 마땅하지만 먹고사는 게 바빠서 책에 먼지만
입히는 경우가 적지 않을 것이다. 책과 밥은 따로국밥처럼 책 따로
밥 따로 있다가도 뜨겁게 섞이기도 할 테니, 이참에 둘의 수상한 관
계를 대략이나마 넘겨보기로 하자.

　　책을 모두 버리기로 했다.
　　방 한 칸을 온통 차지하고 있는
　　저 도도한 내 자의식의 성채를 허물면
　　아이들 공부방이라도 하나 생겨나리라는 아내의 말은
　　온당했다.
　　나는 오래된 책들을 꺼내어
　　겉장 안쪽 면에 끄적여 둔 날짜와
　　이제 더 이상 소유권을 주장할 수 없는 것들을 향한
　　내 무기력한 필적의 서명들과
　　간혹 책장 사이,
　　내 삶에 대한 어지러운 주석들까지 낱낱이 찢어놓고는
　　종이 결을 따라 번진 잉크처럼 희부윰해진 눈망울로

너무 높거나 낮지 않게

그동안 내가 견뎌온 일용할 슬픔의 높이만큼씩

한데 쌓아 묶는다.

그 놈의 책, 밥이 나오냐 떡이 나오냐시던

옛 어머니의 말씀처럼

기어코 쌀알이 되지 못한 저 수많은 활자들.

그리고 부식과 풍화의 나날을 지새우다

국판 크기 시루떡 한 장 빚어내지 못한

곤궁한 나의 청춘까지 한데 묶어

근수대로 팔려 보내고는,

돌아와 텅 빈 서가의 흉곽에 홀로 앉는다.

꿈의 심지를 한껏 돋운 아이들의 웃음소리가

쌀알처럼 흩어지고

제 흉강을 텅텅 울리는 빈 서가의 울음소리

버려진 책들이 있던 자리만한 입방체의 어둠이

칸칸이 고여 들기 시작했다.

　　　　— 장수철,「책을 버리다」[1] 전문

　책의 마니아들은 책 내용 이상으로 책 자체에 집착하고, 영혼의 두께가 더하듯 책 위에 책이 얹히는 것을 좋아한다. 위 시의 화자도 하나둘 책을 모으며 자신의 보물 목록이 늘어가는 것을 내심

뿌듯해했을 것이다.

　화자는 밥도 되지 않고 떡도 되지 않던 "그놈의 책"에 열중한 대가로 "자의식의 성채"를 쌓고 "일용할 슬픔의 높이"를 가졌다. 청춘의 한때와 꿈의 흔적이 고스란히 담긴 서가의 책이지만 이제 작별을 고해야 한다. "아이들 공부방"이라는 현실적 쓸모와 부딪혀서 자리를 내주는 운명을 맞게 된 것이다. 공부방이 "꿈의 심지"를 돋우는 것을 넘어서서 자라는 세대의 밥을 마련해줄 거라고까지 해석하는 건 성급한 일이겠지만 무의식중에 밥에 대한 고민이 작용했을 수는 있겠다.

　자신이 경배하는 신을 버린 후 신에게 더 가까이 갈 수 있었다는 역설적 경구를 책을 아끼는 사람들에게 적용할 것 같으면, 챙기던 책을 버릴 줄 알아야 진정한 책 섬김이라고 할 수 있지 않을까. 이유야 어찌됐든 장수철 시인은 책에 관해서 한 경지에 이른 게 분명하다.

먹고사는
일이 거리낌이
되어

책 읽기의 달인이며 동시에 최고의 글쟁이라고 불릴 만한 사람들의 면면을 조금씩 알아가면서, 그들이 의외로 밥에 대한 고민이 깊다는 사실을 발견하고 큰 수확을 얻은 것처럼 마음이 설렌다. 조선 중세를 살았던 박인로의 삶이 꼭 그랬다. 이언적의 독락당을 방문하여 만권서책 속 진정한 즐거움을 누렸다며 그곳 주인을 기렸던 것처럼 박인로는 책에 대한 애정이 남달랐다.

누추한 깊은 곳에 초가집을 지어 두고, 아침저녁 비바람에 썩은 짚이 섶이 되어, 세 홉 밥, 닷 홉 죽에 연기도 많기도 많구나. 설데운 숭늉에 빈 배 속일 뿐이로다. 생활이 이러하다고 장부가 품은 뜻을 바꿀 것인가. 가난을 불편하게 여기지 않는 마음을 적을망정 품고 있어, 옳은 일을 좇아 살려 하니 날이 갈수록 어긋나기만 하는구나.

[…]

자연을 벗 삼아 살겠다는 한 꿈을 꾼 지도 오래더니, 먹고 사는 일이 거리낌이 되어, 아아! 슬프게도 잊었다.

— 박인로, 「누항사(陋巷詞)」에서

어쩌면 이렇게 솔직할까. 행세하는 양반들의 글과는 다르게 현실의 모습을 핍진하게 잘도 그려냈다. 전쟁에 종군했던 박인로는 공을 자랑할 만했으나 출세에 뜻을 두지 않았다. 오히려 윗글에서 보듯 양반 티를 내지 않고 직접 농사지을 작정까지 한다. 안타깝게도 봄갈이할 소를 빌리지 못하고 일이 틀어지면서 이웃에 무안을 당했다고 여긴다. 밤새 잠을 이루지 못한 마음 여린 양반이 "먹고 사는 일이 거리낌이 되어" 자신의 꿈을 잊고 지냈다고 했을 때 그 인간적인 고백이 마음에 와 닿고, 그 쓸쓸한 처지에 또한 마음이 쓰이기도 한다.

현실 속 유교 이념을 실천하고 자연 속 안빈낙도를 지향하는 당대 유학자의 보편적 성향을 그대로 보여주는 데서 그치지 않고, 먹고사는 문제의 고단함을 언급하고 있다는 점에서 박인로의 글은 여느 사대부의 그것보다 훨씬 미더운 느낌이다. 평생의 뜻을 배불리 먹고 따뜻하게 입는 데 두지 않았다는 화자의 말이 입바른 소리로만 들리지 않는 것은 가난살이를 몸소 체험한 자의 전언이기 때문일 것이다.

그렇다고 해서 가난을 불편하게 생각하지도 않고 원망하지도 않겠다는 자세를 좋게만 볼 수 있을지 의문이다. 굶주림과 그로 인한 다툼과 죽음이 현재형으로 벌어지고 있는 극한상황이라면 더욱 그렇다. 한 공기의 밥을 빌어야 하는 사람에게 무소유니, 자발적 가난이니 하는 말은 귀신 씻나락 까먹는 소리와 진배없을 거라고 말하는 사람도 분명 있다. 먹고 입는 것은 그만큼 절실하다. 박인로는 이를 잘 알고 있었겠지만 그 절실한 것 이상의 삶이 있다고 말한다. 최소한의 윤리 실천이 그것이다.

밥이 중요한 걸 알지만 자신의 밥에 연연해하지 않는 마음은 사람 됨됨이와 관련될 터인데, 아마도 그 사람이 읽고 지나온 책과 무관하지 않을 것이다.

기침
소리도 멎게 하는
책 읽기

밥을 먹는 것보다는 굶는 게 더 익숙했다는, 그러면서 책을 지극히 좋아했던 또 한 명의 사내가 있다. 안소영 작가의 『책만 읽는 바보』를 통해 많이 알려진 백탑파의 이덕무다. 그는 독서의 네 가지 이로움을 이렇게 적었다.

첫째, 대략 배가 고플 때 책을 읽으면 소리가 배나 낭랑해져서, 담긴 뜻을 음미하느라 배고픈 줄도 모르게 된다. 둘째, 조금 추울 때 책을 읽으면 기운이 소리를 따라 흐르고 돌아 몸속이 편안해지니 추위를 잊기에 충분하다. 셋째, 이런저런 근심으로 마음이 괴로울 때 책을 읽으면 눈이 글자에만 쏠려 마음이 이치와 하나가 된다. 오만가지 생각들이 어느새 사라지고 없다. 넷째, 병으로 기침할 때 책을 읽으면 기운이 시원스레 통해 아무 걸림이 없어져서 기침소리도 문득 멎는다.
　　— 이덕무, 「이목구심서(耳目口心書)」에서

이덕무와 이웃하며 백탑(원각사지 십층석탑) 근처에 모여 살던 박지원, 홍대용, 이서구, 유득공, 박제가 등은 하나같이 지독한 책벌레들이었다. 그들은 책 읽기를 통해서 세상을 배우고, 배운 것을 서로 나누며 그렇게 터득한 지식을 글로 남겼다. 책이 사람을 연결하고 우정을 나누게 했지만 당장의 밥을 해결해주지는 못했나 보다. 박제가, 유득공과 함께 서자 출신인 이덕무가 겪어야 할 가난이 유난히도 생생하다.

혹독한 가난 속에서 이덕무가 선택한 길은 책 읽기다. 배고플 때, 추울 때, 근심이 있을 때, 기침이 나올 때 어떤 순간이든 책 읽기를 멈추지 않았다. 책 읽기를 통해서 최소한의 생계가 보장되지 않는 삶으로부터 잠시나마 벗어날 수 있었고, 책 읽기를 통해서 신분으로 굴레를 지운 부조리한 현실에 가장의 무능과 자책까지 더하는 고통을 피할 수 있었다.

현실주의자가 이 글을 본다면 '이게 과연 책 읽기의 이로움인가'라며 아연해할지도 모른다. 다행히 당신이 책 읽기에 흠뻑 빠진, 조금은 미친 사람이라면 책 읽기가 현실의 고통을 잊게 해준다는 말에 고개를 끄덕이게 될 것이다.

이덕무가 이렇게까지 말한 원래 의도는 딴 데 있다는 생각도 든다. 춥고 배고픈 현실에서 결코 충족되지 않는 뭔가가 책에 있다는, 그 책을 대신할 만한 게 없다는, 어떤 상황에서도 책을 놓을 수 없다는 지독한 책 사랑의 정신을 이런 식으로 내비쳤다는 것이다.

이덕무는 현실주의자가 걱정할 만큼 궁상을 떨며 몽상에 사로잡힌 사람은 아니었다. "군자는 책 읽는 틈틈이 울타리를 엮거나 담장을 쌓고, 뜨락을 쓸거나 거름을 쳐야 한다"(이덕무, 「사소절(土小節)」)고 밝힌 데서, 밥이 되는 노동을 중시하는 작가의 면모를 확인할 수 있다. 물론 이런 부류의 사람은 밥이 책보다 중요하다고 절대 생각하지 않을 것이다. 밥을 위해 일하는 시간에도 옆에 책이 있어야 한다.

책과
밥과
휴식

박인로든 이덕무든 내로라하는 글쟁이들은 또한 동시에 책 중독자일 가능성이 높다. 『칼의 노래』로 문명(文名)을 떨친 김훈도 만만찮은 독서광으로 알려져 있다. 그는 밥에 대해서 이렇게 적었다.

밥에는 대책이 없다. 한두 끼를 먹어서 되는 일이 아니라, 죽는 날까지 때가 되면 반드시 먹어야 한다. 이것이 밥이다. 이것이 진저리 나는 밥이라는 것이다.

[⋯]

이 세상의 근로감독관들아, 제발 인간을 향해서 열심히 일하라고 조
져대지 말아 달라. 제발 이제는 좀 쉬라고 말해 달라. 이미 곤죽이 되도
록 열심히 했다. 나는 밥벌이를 지겨워하는 모든 사람들의 친구가 되
고 싶다. 친구들아, 밥벌이에는 아무 대책이 없다. 그러나 우리들의 목
표는 끝끝내 밥벌이가 아니다. 이걸 잊지 말고 또다시 각자 핸드폰을
차고 거리로 나가서 꾸역꾸역 밥을 벌자. 무슨 도리가 있겠는가. 아무
도리 없다.

— 김훈,『밥벌이의 지겨움』에서

　　시장경제를 금과옥조로 여기는 성장 일변도의 사회일수록
다수의 빈곤층이 생기는 현상이 두드러진다. 성장 못지않게 분배
도 중요하다는 철학이, 열심히 일하는 것 이상으로 여가도 중요하
다는 인식이 상식이 되어가기를 바라지만, 그런 상식을 심지어 비
상식으로 몰아가는 시각도 공존한다.
　　자본가와 그들의 대리인 혹은 자본가와 이해관계를 같이하
는 사회 지도층이 "근로감독관"이 되어 서민들에게 부지런히 일할
것을 주문하는 것은 어제오늘의 일이 아니다. 자식을 위해, 노후를
위해, 더 나은 미래를 위해 중단 없이 밥벌이에 전념해줄 것을 당부
한다. 그렇게 애를 쓴 대가로 생계로부터 자유로워지는 순간이 언
제 올 것인지, 아니면 아예 안 올 것인지에 대해서는 누구도 답해주
지 않는다.

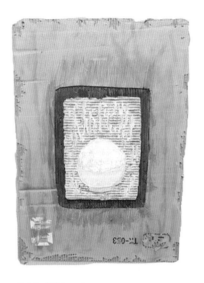

천광호, 〈밥〉(2015)

골판지 질감을 살려, 김이 나는 쌀밥을
잘도 표현했다. 밥의 온기가 사방으로 퍼져
주변까지 환하다. 실제 작품 전시 때 동원된
세 개의 종이 상자(그림 받치는 용도) 문구도
예사롭지 않다. 위에서부터 '밥 – 행복 담기
– 좋은 사람들' 순서다. 한 공기 밥이 곧
행복이고, 그 행복을 나누면 좋은 사람일
것이다.

김기호, 〈휴식〉(2018)

화가는 생업 중에 짬을 내어 계산서
뒷면에 그림을 그리고 페북에
올린다. 수양버들 아래 놓인 평상은
비어 있다. 쉬어 가라고, 쉬어 갈
여유가 있어야 한다고 말을 전하는
듯하다. 한 줄기 바람까지 그려
머리채 늘인 버들가지를 들썩이게
하면 좋을 텐데, 그러기엔 계산서
용지가 좁았을 것이다.

작가는 밥벌이에 쪼들리는 사람의 쉬고 싶은 마음을 읽어준다. 동시에 "밥을 벌자. 무슨 도리가 있겠는가"라며 밥벌이로부터 쉽게 놓여날 수 없는 처지에도 연민과 응원의 마음을 보낸다. 시시포스가 바윗돌을 굴리듯, 결실 없는 노동의 연속인 줄 알지만 현실적으로 다른 도리가 없지 않느냐는 말이 묵직하게 와 닿는다. 그럼에도 바위 그늘에 땀을 말리며 하늘을 쳐다보는 여유는 더없이 소중한 것이다.

일에서 놓여나는 여유, 그 여유가 있어야 주위를 살피게 된다. 주위를 살펴야 가족과 이웃의 형편도 알고, 상대의 마음도 헤아리게 될 테니 공동체의 화합에도 좋은 영향을 끼칠 것이다. 책도 그렇다. 바쁜 가운데 시간을 쪼개서 읽으라고 하지만, 대개 심심할 때 더 깊게 더 감동하면서 읽게 된다. 이렇게 되면 책 읽기의 가장 좋은 밑천은 게으를 수 있는 자유라고도 할 수 있겠지만, 마지막 순간까지 밥의 눈치를 보지 않을 재간이 없다.

지금까지 책에 어지간히 미친 사람들의 책과 밥에 관한 이야기를 뒤적여보았다. 부자의 곳간보다는 빈자의 한 끼 밥을 위하는 마음, 내 밥이 중요한 줄 아는 만큼 남의 밥을 걱정해주는 마음이 있다면 그것도 책의 힘이 아닐까 싶다. 천광호 화가의 '밥'을 보면서 이웃의 밥을 생각했던 졸시 한 편을 붙인다.

여름휴가가 되면 읽을거리를 챙겨

산 아래 첫 번째 마을로 방 하나 얻어 가고 싶어.

별똥 지나는 밤이면

천장을 드니드는 생쥐 발소리와

벽지 안쪽으로 흙 부스러기 떨어지는 소리에

잠시 쉬어가며 추리소설을 독파할 거야.

햇볕 쨍한 낮이면

느티나무 그늘이 있는 쪽마루에 누울 거야.

싱거워진 추리물을 베개 삼고

구름 꽁지 따라 맴을 돌아도 좋겠지.

펌프로 냉수욕하는 호사는 바라지 않아.

끼니로 겉절이와 주먹밥만 거푸 준대도

군말 없이 고마울 거야.

아이가 좀만 크면 두말없이 떠나고 싶어.

뉴스도 잊고, 세금도 잊고, 식구도 잊고,

좀처럼 풀 수 없는 세상 미스터리도 다 잊고

얼마간 맹하게 늘어지고 싶은 거야.

이런 이야기를 너에겐 차마 할 순 없었어.

식구를 버려두고

여름 한 철, 크레인 위에서 농성 중인 너,

발단과 위기만 있는 소설에서

내리고 싶은 마음일 테니.

— 이동훈, 「휴가」[2] 전문

낮술 권하는 박상천

취하지 않으면 흘러가지 못하는 시간, 정현종

비 내리는 낮술을 아는 김수열

술에 취해 집을 잃어버린 고영

낮술로 논배미 유단 탄 홍해리

몽롱하다는 것이 장엄하다는 천상병

술집에 출석하는 시인들

북녘 대폿집에서 반가이 울고 싶은 신경림

장엄한

낮술 이야기

내가 사면 막걸리가 좋고 남이 사면 양주가 좋다든지, 배부를 때는 소주가 좋고 허기질 때는 막걸리가 좋다든지 하는 이야기를 들으면 듣는 대로 다 맞는 말 같다. 첫 잔은 맥주로 시작하고 본 잔은 소주로 가는 게 상식이라고 우긴다든지, 맥주와 소주 아니면 막걸리와 맥주를 섞어 마시는 게 조화로운 일이라고 주장한다든지 하는 것에도 거부감보다는 정말 그런가 하는 마음이 앞선다. 다들 술을 맛있게 먹는 수사이기도 하겠거니와, 실제 이렇게 저렇게 해보는 것에서 적잖은 공감과 배움이 생기기도 한다.

개인적으로는 보리 음료의 시원함 때문인지 맥주를 좋아하다가, 통풍을 앓고 난 후 소주로 방향 전환을 선언한 바 있다. 때마침 소주 도수를 내린 탓인지 뱃살이 는 탓인지, 소주 두어 병에 예사로 필름이 끊겨 난감해하던 날들로부터 조금 벗어났다. 요즘은

술 앞에 평등

월드컵 열기로 뜨거웠던 2002년 당시, 인터넷 공간에 개인
홈페이지를 만드는 일이 유행했던 기억이 난다. 그 무렵
홈페이지 대문으로 썼던 그림이다. 술이 있으니 왠지 여유로워
보인다. 물론 술보다 평등이란 말이 좋다.

아무 데고 앉아서 막 마셔도 좋을 것 같은 막걸리가 편하다. 천상병 시인이나 홍해리 시인도 일찍이 막걸리는 술이 아니고 밥이라고 했는데, 개인적으로 두 시인의 분류법을 존중한다. 요즘은 어디서 들은 풍월이 있어서, 맥주 반병에 막걸리 한 병 비율의 맥탁도 권하고 다닌다.

　이 정도 얘기하면 나를 두고 어지간히 술 좋아하는 사람 아닌가 하는 오해가 있을 수도 있겠는데, 조금 맞고 많이 틀린 얘기다. 어쩌다 술자리를 넘보기는 해도 술 좋아하는 사람들의 뒷이야기에 귀를 쫑긋 세우기만 할 뿐 진도를 나가지 못한다. 남들은 속도를 내어 잇달아 마시는 걸 달린다고 하지만 나는 그저 체력이 달릴 뿐이다. 취하기는 빨리 취하지만 길게 가지 못하며, 잠시 흥을 내다가도 금세 피로한 모습을 보이는 체질이다. 술 이야기만 들어도 큼큼거리는 꾼과는 분명 다른 경계의 사람이지만, 술이 그 사람의 속을 보여준다는 점에서 술이 있는 풍경은 언제든 유혹의 대상이고, 더러 그 풍경에 비집고 들어가 한잔 받고 헤벌쭉거리고 싶다.

낮술
권하는
박상천

주량을 말할 처지도 못 되고 실제 몸으로 부딪쳐 배우는 것도 한계가 있는 만큼, 술자리에서 있었던 일이나 거기서 비롯한 생각들을 잘도 담은 몇 편의 시를 홀짝홀짝 맛보는 것으로 그간 술잔을 따라준 뭇 우정에 최소한의 예를 표하고자 한다.

술에 대한 이전 사람들의 이야기도 술의 역사만큼이나 유장할 터이니, 여기서는 낮술에 관한 이야기 위주로 가야겠다. 실제 좋아하는 술이 뭐냐고 물어 올 때도 낮술이라고 대답하고 있는 만큼 그 이유에 대해서도 답해야 마땅한데, 이런 내 마음을 읽기라도 한 듯 낮술을 권하는 목소리가 있다.

낮술에는 밤술에 없는 그 무엇이 있는 것 같다. 넘어서는 안 될 선이라거나, 뭐 그런 것. 그 금기를 깨트리고 낮술 몇 잔 마시고 나면 눈이 환하게 밝아지면서 햇살이 황홀해진다. 넘어서는 안 될 선을 넘은 아담과 이브의 눈이 밝아졌듯 낮술 몇 잔에 세상은 환해진다.

우리의 삶은 항상 금지선 앞에서 멈칫거리고 때로는 그 선을 넘지 못했음을 후회하는 것. 그러나 돌이켜 생각해보라. 그 선이 오늘 나의 후회와 바꿀 만큼 그리 대단한 것이었는지.

낮술에는 바로 그 선을 넘는 짜릿함이 있어 첫 잔을 입에 대는 순간, 입술에서부터 '싸아' 하니 온몸으로 흩어져간다. 안전선이라는 허명에 속아 의미 없는 금지선 앞에 서서 망설이고 주춤거리는 그대에게 오늘 낮술 한잔을 권하노니, 그대여 두려워 마라. 낮술 한잔에 세상은 환해지고 우리의 허물어진 기억들, 그 머언 옛날의 황홀한 사랑까지 다시 찾아오나니.

　　　　　　　　　　　　　— 박상천, 「낮술 한잔을 권하다」 전문

낮술이란 말에 견줘 저녁 술이나 밤술이란 말은 따로 없다. 술이라면 으레 해가 진 뒤에 마시는 거라는 인식이 있어서다. 하루의 노동이 끝난 뒤 옆도 보지 않고 귀가하는 직장인이 늘고 있지만, 저녁부터 반주로 시작하여 밤늦도록 소주잔을 기울이는 사람도 웬만큼 있다.

이런 밤술에 비해서 낮술의 사정은 어떤가. 시인은 "밤술에 없는 그 무엇"이 낮술에 있다고 한다. 낮밤 구별이 점점 없어진대도 다수의 노동자에게 낮은 여전히 일하는 시간이다. 일과 노동은 생계와 직결되는 문제이고, 남의 돈을 벌기 위해서는 돈 주는 사용자의 눈치를 안 볼 도리가 없다. 자영업을 한다고 해서 정해진 시간과 해야 할 일로부터 자유롭다고 얘기하면 욕 듣기 딱 좋다. 일을 하는 것이 아니라 일에 매여 산다는 자조의 말이 과장으로 들리지 않는다. 매일 반복되는 일상, 그중에서도 일에 매인 낮 시간이 힘에 겨울 때, 한 번쯤 균열을 내고 펑크를 내고 싶은 욕구는 자연스럽기도 하고 인간적이기도 하다.

일을 하지 않고 살 수는 없다. 어차피 해야 할 일인 만큼 일 자체에 의미를 부여하고 그 보상으로 생활의 안성을 꾀하는 것을 보편타당하게 여긴다. 낮술은 그런 이성을 몹시 흔든다. 어쩌면 이성이라고 믿고 있는 굳어진 편견과 그 아래 눌린 욕망을 흔드는 것이리라. 시인은 낮술에는 "넘어서는 안 될 선" 또는 "금지선"을 넘게 하는 힘이 있다고 거듭 말한다. 시인에게 낮술은 안주와 타성을 깨고 환호작약하는 묘약과 다르지 않다. 하루하루의 삶이 숨 쉴 여유조차 없다는 불평이 장난으로 들리지 않는다면 낮술 처방이 유용할 수 있다. 낮술 경험자든 잠재적인 낮술 후보군이든 간에 낮술 권하는 시인의 말에 일리(一理)가 있다고 끄덕이지 않을까 싶다. "머언 옛날의 황홀한 사랑"까지는 아니더라도 낮술 자체가 이미 낭만이다.

취하지 않으면
흘러가지 못하는 시간,
정현종

낭만은 낭만적이지 않은 현실에 대한 반작용이기도 하다. 그럼에도 현실은 여전히 힘들고 낮술로 불러낸 과거 한때나 이전 "사랑"
마저 고통스럽게 떠올려진다면 낭만은 보류되거나 다른 얼굴로 나
타날 것이다.

하루여, 그대 시간의 작은 그릇이

아무리 일들로 가득 차 덜그럭거린다 해도

신성한 시간이여, 그대는 가혹하다

우리는 그대의 빈 그릇을

무엇으로든지 채워야 하느니,

우리가 죽음으로 그대를 배부르게 할 때까지

죽음이 혹은 그대를 더 배고프게 할 때까지

신성한 시간이여

간지럽고 육중한 그대의 손길,

나는 오늘 낮의 고비를 넘어가다가

낮술 마신 그 이쁜 녀석을 보았다

거울인 내 얼굴에 비친 그대 시간의 얼굴

시간이여, 취하지 않으면 흘러가지 못하는 그대,

낮의 꼭대기에 있는 태양처럼

비로소 낮의 꼭대기에 올라가 붉고 뜨겁게

취해서 나부끼는 그대의 얼굴은

오오 내 가슴을 메어지게 했고

내 골수의 모든 마디들을 시큰하게 했다
낮술로 붉어진
아, 새로 칠한 뻥끼처럼 빛나는 얼굴,
밤에는 깊은 꿈을 꾸고
낮에는 빨리 취하는 낮술을 마시리라
그대, 취하지 않으면 흘러가지 못하는 시간이여.
— 정현종, 「낮술」² 전문

취기가 잔뜩 묻은 시 한 편이다. 시인은 낮술을 마시는 중에 오줌 누러 화장실에 들렀을 것이고 거기서 거울을 봤을 성싶다. 처음엔 낮술이 주는 맹랑한 기분에 취해 "그 이쁜 녀석"으로 마주했지만 거울 속 얼굴은 점점 슬픔으로 바뀌어간다. "가슴을 메어지게" 하고 "골수의 모든 마디들을 시큰하게" 하는 곡절이 있음을 생각하게 하는 대목이다.

맨정신에 이 시간을 견디는 것이 어려웠을까. 시인은 "시간이여, 취하지 않으면 흘러가지 못하는 그대"라고 탄식을 자아낸다. 탄식의 주체와 대상이 바뀌어 "그대, 취하지 않으면 흘러가지 못하는 시간이여"라고 변주한들 그 느낌이 달라지지 않는다. 어차피 '나'란 존재도 시간에 매여 있는 것을, 그 어쩔 수 없음을 받아들이고 또 그런 자각마저 잊은 채 일상을 살아간다. 그러다가 낮술 마시는 지금에야 문득, "시간의 얼굴"을 마주한 셈이다. 자기 얼굴에 스쳐간 시간을 읽으며, 예나 지금이나 자신을 부자유하게 하는 시간의 속박을 시인은 꿰뚫어본 것일까.

　시인은 "낮의 고비를 넘어가다가" 낮술에 잡힌 것처럼 말했으나 스스로 낮술의 자리에 앉았다는 것을 에둘러 표현한 것에 지나지 않는다. 어떤 불편한 일이 술을 푸게 하는지 또 어떤 속상한 일이 자의식을 건드렸는지 알 수 없으나 시인은 "뺑끼처럼 빛나는 얼굴"이 되어, 조그만 바람에도 펄럭이는 깃발처럼 한동안 그렇게 타오르고 있었을 것이다.

비 내리는
낮술을 아는
김수열

낮술로 한때를 버티는 사내에게서 생의 고비를 비틀대며 걷는 사연이 있을 줄 안다. 아마도 이 낮술마저 없었다면 생은 더 건조해져서 부스럭거릴 게다. 경직된 삶은 약간의 충격에도 금이 간다. 그러니 지난 시간을 견디고, 애써 자신을 들여다보는 낮술의 시간은 삶에 필요한 만큼의 물기를 들이는 일일 수도 있다. 그 물기가 잘 번져 스며든다는 점에서 비 오는 날은 낮술 먹기 젤 좋은 날이겠다.

인생에게 질 준비가 되어 있는 사람은
비 내리는 낮술을 안다

살아도 살아도 삶이 내게 오지 않을 때
벗이 있어도 낯설게만 느껴질 때
나와 내가 마주 앉아 쓸쓸한
눈물 한 잔 따르는

그 뜨거움
— 김수열, 「낮술」[3] 전문

"비 내리는 낮술"이라니! '비 내리는 날의 낮술'로 하지 않고
'비 내리는 낮술'이라 한 데서 생략의 묘미를 느낀다. 낮술 자체가
비를 맞는 것으로 표현함으로써 축축 젖어드는, 쓸쓸하고 으스스
한 느낌을 돕는 데 일조하고 있다. 탁자에 막걸리 받아두고 앉아서
창밖 풍경 보며 빗방울 소리 듣는 장면이 연상된다 하더라도 '내'
안의 시름이 깊을 땐 풍경도 소리도 내면에 닿지 않을 것이다.

이 시에서 낮술을 아는 사람은 "인생에게 질 준비가 되어 있
는 사람"으로 특정된다. 술에 우열을 두는 일은 꺼려야 한다지만 조
지훈의 '주도유단(酒道有段)'에서 보듯 술 마시는 사람의 급수를 심
심파적으로 나눠볼 수는 있다. 바둑이든 술이든 좀 안다고 말할 정

도면 이미 상당한 경지일 것인데 "비 내리는 낮술"을 안다고 했으니 인생의 쓴맛 단맛 다 지나온 사람일 게다.

이즈음의 세상은 이기려고 애쓰고, 이겨서 기쁘고, 이겨야 대접받는다. 설령 오늘은 지더라도 내일을 기약하며, 이기려고 하는 의욕으로 자신을 추스른다. 이처럼 성장 동력을 끝까지 놓지 않으려는 태도는 자본주의 사회의 요구에도 부응하는 일이다. 하지만 한 번 두 번 이기고 그 성취의 기쁨을 맛보았다고 해도 나날이 이어지는 불안과 피로와 스트레스가 있다면 그 성취인들 별건가 싶다. "살아도 살아도" 삶이 오지 않았다고, 삶 같은 삶이 아니라고 탄식하며 낮술의 자리에 퍼더앉으면 그제서야 한잔 술로 그전의 동력을 끌 수 있을 것이다.

위로 오르려고만 하는 삶, 남만큼 또 남보다 더 누리려고만하는 삶에서 평화를 기대하기 어렵다. 그래서 애써 이기지 않아도 되고 지고도 편안한 길이 있다면 그리 간들 어떻겠느냐 싶지만, 그 선택이 말처럼 간단할 리 없다. 인생에 기꺼이 지는 것도 마음공부의 결실이다. 사람마다 술에 "눈물 한 잔" 섞는 사연일랑 차고도 남겠지만 "그 뜨거움"을 낮술 아니면 달리 데려갈 데도 없을 것이다.

술에 취해
집을 잃어버린
고영

낮술이 사랑을 부르고, 낮술이 삶에 물기를 주며, 낮술이 뜨거운 온기까지 전한다 해서 낮술을 묘약으로 이해하는 건 무리가 있다. 당사자의 체험이 반영된 아래 작품은 술에 취한 날을 이해받지 못한 가장의 쓸쓸한 모습이 담겨 있다.

벌건 대낮

술 취한 물뱀처럼 집을 찾아든다

그런데 집을 찾을 수 없다, 아무리 둘러봐도 없다

이놈의 집이 그새 허물이라도 벗었나?

너무 오래 집을 비워뒀던가, 집 비운 사이

집마저 나를 잊었던가

환장할 봄날에 취해 단체로 바람이라도 난 것인가

얼마나 더 취해야, 얼마나 더 검불처럼 떠돌아야

집은 모습을 드러낼 텐가

애당초 집을 짊어지고 나왔어야 했는가

놀이터 벤치도 그대로
수수꽃다리 향기도 다 그대로인데
집아, 너만 어디로 갔니?

회초리 같은 햇살에
볼기짝 맵게 얻어맞을 가엾은 마음을
길가에 눕혀두고
하릴없이 하늘에 삿대질이나 해대다가 문득,

서천(西天) 가장자리에 외롭게 뜬
초췌한 낮달을 본다

바보, 너도 집 잃어버렸지?
— 고영, 「이사」⁴ 전문

이 시에서 집과 술과 화자는 삼각관계다. 화자가 집으로 기울면 술이 서운하고, 술로 기울면 집이 못 견뎌 할 터인데, 술로 한참 기울었더니 집이 떠나가고 말았다는 거다.

사실 자기 집이든 남의 집이든 집의 힘은 대단하다. 밖으로 나갔던 식구들을 저녁이면 어김없이 제 안으로 끌어들인다. 한때 바람이 불어 바깥을 떠돌던 탕자들이 집의 어마어마한 구심력에 저항

하지 못하고 슬그머니 돌아와 약간의 회한과 고즈넉한 평화 속에 놓이는 장면은 꽤나 진부하면서도 여전히 사랑받는 스토리다.

얽매이지 않는 상태를 자유라고 하는 사람도 집으로부터의 자유는 다소 주저하는 이율배반적인 면이 있는데, 가족 공동체 안에서의 사랑과 책임 등의 문제가 얽혀 있어서 스스로 결박당하는 사정이 있을 줄 짐작한다. 그래서 심리적이든 물리적이든 간에 집으로부터 얼마간의 거리를 갖고 있는가가 그 사람의 현재 상태를 보여주는 상징이라고도 여겨진다.

위 시의 화자는 집으로부터 상당한 거리로 떨어져 나가 있다. 집 밖의 일에 몰두한 나머지 너무 오래 집을 비웠다. 가족 간의 유대도 느슨해지는 그런 어느 날, 화자는 집을 잃어버렸단다. 물론 술 취한 사람의 순간적 착각으로 웃고 넘어가면 그뿐이지만 제목을 '이사'로 뽑은 게 눈에 남는다. 자신만 남겨두고 어디론가 가버린 식구에 대한 서운함과 그런 일을 자초한 미안함이 제목과 행간 사이에 숨어 있다. 낮술의 힘을 빌려 "하늘에 삿대질"하는 호기를 부려도 돌아오는 건 인생에 치인 "가엾은 마음"일 뿐이다.

집으로부터 쉽게 떠나지 못할 것이면서 문득 집을 잃어버리고 싶기도 한 유혹이 무의식에 있다가 낮술 몇 잔에 현실이 되었다면, 반길 일은 아니더라도 이해 못할 일도 아니다. 이런 일이 여러 번 되풀이되어 거꾸로 집이 떠나갈 지경이 되면 어찌해야 하나. 글쎄, 이 사회더러 술 좀 그만 먹이라고 말해야 옳지 않을까. 술 취한

사회에 혼자 깨어 있는 것도 우스운 일이라는 낮술파의 취중 객담
도 귓전에 들리는 듯하다.

낮술로
논배미 융단 탄
홍해리

상황이야 어찌됐든 낮술이 생활을 저버리지 않도록 조심해야겠지
만, 아예 낮술이 생활과 구별이 되지 않는 경우도 있겠다. 낮술에
치우쳐 일상이 말려 들어간 경우를 말하는 게 아니라, 낮술이 일상
의 밥과 같이 노동의 밑천이 되는 경우다. 앞서 막걸리를 밥과 동격
으로 보았던 홍해리 시인의 시를 만나자.

할아버지 그을린 주름살 사이사이
시원스레 쏟아지는 소나기 소리
쑤욱쑥 솟아올라 몸 비비는 벼 포기들
떼개구리 놀고 있는 무논에 서서
잇사이로 털어내는 질박한 웃음소리
한여름 가마불에 타는 저 들녘
논두렁에 주저앉아 들이켜는 막걸리

녹색 융단 타고 나는 서녘 하늘끝.
― 홍해리,「녹색 융단 타고 한잔!」[5] 전문

"그을린 주름살"에서 농사일의 고단함이 물씬 묻어나 있지
만 가뭄 끝에 소나기 지나가니 무논의 생명들이 살판난다. 벼도 개
구리도 사람도 여간 신이 나는 게 아니다. 소나기는 금세 지나고
다시 "한여름 가마불" 더위를 견뎌야 한다. 가마불은 숯이나 도자
기를 굽는 가마의 온도가 1000도를 예사로 넘는 데서 그 뜨거움을
과장하는 단어로 쓰이긴 했으나, 무더위 속에서 일한다는 게 만만
할 리 없다. 비 오듯 땀방울이 떨어지고 소나기 맞은 듯 작업복이
후줄근해진 날, 이때 한 사발 들이켜는 막걸리는 보약이 아닐 수
없다. 배부른 자에게 다이어트는 하나의 취미로 여겨도 무방하겠
지만, 배고픈 자에게 공복은 초열지옥이나 뭐가 다를까. 샛요기로
꺼내든 막걸리 한 사발이 지옥 구경에 눈을 닫고 천당 쪽으로 돌아
서게 한다.

마른논이 물을 끌어당겨 벼를 살리듯 막걸리도 사람의 기를
살려준다. 낮술 한잔으로 그네 타는 사람들을 종종 봐왔지만 "녹색
융단 타고 나는 서녘 하늘"은 훨씬 더 기분을 낸 거다. 알근하니 좋
게 마신 술이 푸른 벼의 논배미를 융단으로 느끼게 한다. 그 위에
한결 가벼워진 자신을 태우고 하늘 끝까지 날아가는 마술적 상상
은 아름답기까지 하다.

논두렁에서는 막걸리와 김치가 제격이라지만, 목에 얹힌 쇳가루는 소주와 삼겹살로 내리는 것이 좋다. 이처럼 술은 땀 흘려 일하는 사람에겐 밥이고 약이다. 또한 머리에 쓸데없는 공상이 이어지고 양식이 되지 않는 글줄이나 끼적거린대도 그 또한 일인 줄 안다. 그렇다고 일하지 않는 사람에게 낮술을 뺏을 권리는 누구에게도 없다. 특히 일을 하고 싶어도 일자리를 얻지 못하거나 일자리를 거듭 잃은 사람은, 마시지도 않고 이미 독에 취한 사람이니 반대로 술로 독을 풀어주어야 한다. 모든 게 술술 풀리면 술이 세상에서 사라져도 그만이지만 세상일은 막히고 깨지는 게 예사다. 그래서 골목 어디서든 낮술의 위로가 필요하다.

몽롱하다는
것이 장엄하다는
천상병

어쩜, 낮술을 마실 건가 말 건가에 대한 고민도 우스운 일이다. 마실 만하면 마시면 된다. 천상병 시인은 아예 손바닥에 막걸리 값을 받아가서 공짜 술 마시는 걸로 유명하지만 몇 편의 시로 돌아와 행세하니 이만한 생색이 없다. 그의 시 「주막에서」[6]도 많이 알려진 시이지만 그냥 지나기엔 여운이 남는 시다(여기서는 시 전문 인용은 생

조문호, 〈술을 기다리는 천상병〉(1986. 2)

최민식 사진가의 휴먼 시리즈에 영감을
얻은 조문호 사진가는 인사동 사람들,
동자동 쪽방 사람들 등 주로 가난한
이웃과 어울리며 그들의 모습을 자연스레
담아내는 역작을 만들고 있다. 위 사진도
궁기가 있으면서도 천연덕스런 생전의
시인 모습을 잘 보여준다. 남의 술은
호기롭게 마시면서도 시인 자신이 술을
사는 일은 거의 없었기에 사진가는 다음
세상엔 시인에게 기필코 한잔 얻어낼
거라고 말한다.

략한다).

　낮술의 좋은 점 하나는 하루에 두 번 마실 수 있다는 점이다. 낮술 걸치고 졸기도 하다가 저녁에 깨어 한 번 더 마시는 거다. 낮에서부터 저녁을 거쳐 다음 날까지 쉬지 않고 술병을 줄 세우는 특이 체질이 없는 건 아니지만, 대개는 몸에 쌓인 알코올 도수만큼 취하는 게 상식이다. 실제 주량이 상당했던 천상병이지만 취기가 돌면서 어느 순간 '흐리멍덩한 눈'이 되는 건 피할 수 없다. 이 세상에 온 것을 소풍이라 말했던 시인답게 이때야말로 세상은 '순하디 순하기 마련'이라고 얘기한다. 술이 조금 들어가야 순해지는 세상이라면 평시엔 그렇지 않다는 역설도 있겠으나, 삶에 대한 긍정과 낙관이 바탕에 깔려 있지 않으면 좀처럼 꺼내기 어려운 말이기도 하다. 취기에서 깨어나기 싫다는 듯 시인은 '몽롱하다는 것은 장엄하다'는 경구를 내놓아 주위의 취기를 깨게 한다. 공자나 예수 어록엔 비슷한 말도 찾을 수 없고, 술에 대한 사랑이 지극했던 조지훈이나 김수영 시인도 하지 못한 말이다.

　상시 맑은 눈으로 세상을 보고 더러 매의 눈으로 잘못을 짚기도 해야 한다는 말을 종종 듣고 공감도 하지만, 세상은 맑은 눈에 눈물 낼 때가 많고 날카로운 눈매에 서로 상처를 주고받기도 한다. 혹여 직책이 위에 있다고 모든 면에서 자신이 더 나은 사람인 양 굴면서 눈에 힘을 주기까지 한다면 당사자에겐 여간 고통이 아니다. 눈에 아무것도 담지 않는 평정과 고요는 바랄 바가 아니더라도 자신의 결기와 냉정을 잠시 흐려서 주위를 좋게 수용하고, 세상을 따뜻하게 품는 그런 몽롱함이라면 어찌 장엄하지 않을 수 있을까.

이 시의 제목 밑에는 '도끼가 내 목을 찍은 그 훨씬 전에 내 안에서 죽어간 즐거운 아기를'이라는 장 주네의 글이 인용되어 있다. 원전을 확인하고 싶은 섬뜩한 표현이지만 시에 언급된, 성황당 꼭대기 위에서 노는 아기들과 연결시키면 어렵지 않게 이해되는 면도 있다. 즐거운 아기가 즐거운 어른이 되지 못한 데 인생의 비극이 함축되어 있다. 함박눈을 맞으며 아기들이 즐겁게 노는 모습은 시인의 몽롱한 눈에 어른거리는 환영이다. 어떤 속임도 없이, 아무런 이해도 없이 한데 어울려 평등하게 노는 순진무구의 모습이지만, 그 아기가 아이가 되고 어른이 되어가면서 각자의 '내 안에서 조금씩 죽어'가는 사정이 낯설지 않다. 인생은 자아를 찾아가는 긴 여행이지만 그 첫발부터 사건의 시작이다. 거칠게 얘기하면, 힘이 세진 아이가 그렇지 않은 아이를 누르고, 머리가 똑똑해진 아이가 그렇지 않은 아이를 부리고, 돈이 있는 아이가 그렇지 않은 아이를 차별하기도 하는 일련의 과정 속에 어느 쪽이든 처음 모습을 간직하기란 쉽지 않다. 부모나 주위의 욕망을 자신의 것으로 아무렇지 않게 껴입으면서도 이것이 원래 자신의 것인 양 착각하기도 한다.

낮술의 몽롱함 속에 잃어버린 순수 세계를 들여다본 시인은, 조금씩 죽어서 아주 죽는 어른의 길을 조상하며 한없이 즐거운 아기 시절로 자신을 돌이키고 싶지 않았을까. 그런 마음으로, 그렇게 하지 못하는 오늘에 '한 잔 더'를 청하는 것이리라.

술집에
출석하는
시인들

「은하수에서 온 사나이」에서 천상병 시인이 윤동주 시인으로부터 아침 해장술에 초대받은 것처럼 얘기했듯이, 어린아이 같은 천상병 시인과 술 한잔 나누고 싶은 사람도 꽤 많을 것이다. 기분이 나면 다른 몇몇 시인을 더 불러내도 좋겠다. 아래 졸시는 실제 그렇게 호명하는 시늉을 해본 것이다. 저녁 술자리로 표현했지만 지금 생각하니 낮술 자리로 가도 전혀 나쁘지 않았을 것이다.

아주 이르거나 웬만큼 늦은 퇴근이면
한 번쯤 옆길로 새고 싶다.
지끈대는 길거리, 호객하는 밤거리 지나
이정표 없는 길로 무작정 걸어가고 싶은 거다.
길거나 짧은 골목을 빠져나와
묵정밭과 도랑물 사이를 걷다가 막다른 길
탁자 하나에 빈 의자만 얌전한

구석지고 막막한 술집에 닿고 싶은 거다.

고춧가루 듬뿍 친 번데기 안주에다

보리술 한 양동이 받아 두고

빈 의자에 어울릴 이름을 불러내고 싶다.

번데기가 불쌍하다며 훌쩍일 박용래

자기 술은 소주로 바꿔 달라는 김종삼

뒷자리 술값과 여비를 요구하는 천상병

나무젓가락으로 번데기 국물 찍어 낙서하다가

기침을 터뜨리고 마는 이상

그 기침까지 따라하는 박인환

김일성 만세할 자유를 중얼거리는 김수영

막다른 집에 몰려 저마다 시끌시끌하다가

들을 거 조금 듣고

흘릴 거 아주 흘려서 가벼워지고 싶은 거다.

길 끝 집이 좋았다고 이상이 인사라도 할 것 같으면

길에도 끝이 있냐며

번데기 앞에 주름잡듯 보리술 냄새피우고픈 거다.

출근길이 퇴근길인 일상에서 벗어나

아주 가끔은

옆길로 빠져 길을 잃었으면 할 때가 있다.

길 끝 보리술집에 앉아

만화책 찢어진 뒷장처럼 궁금해지는 이야길 좇아

오래 홀짝이고 싶은 거다.

— 이동훈, 「길 끝 보리술집」[7] 전문

보리술집에 앉아 있는 시인들의 면면을 보면, 시와 함께 술의
지경도 어지간히 넓혔던 작가다. 김종삼 시인은 "구멍가게에 기어
들어가/ 소주 한 병을 도둑질했다/ 마누라한테 덜미를 잡혔다/ 주
머니에 들어 있던 토큰 몇 개와/ 반쯤 남은 술병도 몰수당했다"(「극
형」)고 밝힐 만큼 말년을 술에 의지했다. 그에겐 술을 빼앗긴 것이
극형이며 술이 없는 곳이 험지다. 자기 언어로 삶의 한 단면을 그림
처럼 보여준 이들 시인들이야말로 술을 통해 삶의 요체를 번개처
럼 꿰뚫어본 견자(見者)라 하겠다.

이 자리에 미처 불러내지 못한 시인들은 아마도 다른 골목 대
폿집이나 흐린 주점에서 생을 배반할 모의에 열중하고 있을 것이
다. 금주를 위해 술 주전자를 찌그렸다가 다시 폈다는 김관식, 술을
많이 마셔 소지품을 잃어버려도 담배 파이프만은 챙기더라는 오상
순, 그 오상순 등과 함께 계곡에서 탁족하며 잔을 기울이다가 소나
기에 젖어 그만 홀딱 벗고 소를 타고 내려왔다는 변영로, 세탁소에
맡기는 옷에다 주인이 시인의 이름 대신 '술 아저씨'라고 써두었다
는 박재삼, 제자에게 국밥과 맥주 사주기를 즐겼다는 조태일, 새벽
마다 전화해서 있는 정 없는 정 떼게 했다는 박영근 시인도 어디든

변영로, 『명정 40년』(서울신문사, 1953)

코주부 삼국지로 유명한 김용환이
장정함. 표지 한쪽 그림은 공초
오상순과의 일화를 그린 것인데, 배를
띄운 뒤 담배 50여 갑을 안주해서 양주
몇 병을 해치우다가 추위와 담배 연기에
시달리던 사공의 독촉으로 자리를
파하게 된 이야기를 바탕으로 한 것이다.
나머지 반쪽은 술잔을 든 변영로 시인의
전신상인데, 술에 알근하니 익어서
흔들리는 몸이 퍽 재미나게 그려진
수작이다. 책 내용은 술로 일관되어
있지만 변영로 시인은 책 말미에 운명에
굴하지 않는 "부단한 반발 정신이
있어야 할 것"이라는 말을 첨기한다.
가혹한 시대는 예술가의 운신의 폭을
제한시켰을 것이고, 술이 그에 대한
저항인 면도 있었으리라.
(사진 출처 : 화봉 책박물관 여승구 관장)

한 자리 차지하고 하루가 이울도록 있을 사람들이다.

북녘
대폿집에서 반가이
울고 싶은 신경림

『민요 기행』에 이어『시인을 찾아서』로 다리품을 팔던 신경림 시인 또한 술자리에서 빼면 서운해할 성싶다. 어느 강연에선가 신경림 시인은, 사람을 놓아주지 않고 술을 자꾸 권하는 김관식 시인이 술동무로 힘들었던 반면, 후배인 조태일 시인과 편하게 잘 어울렸다는 얘기를 들려준 바 있다. 전국을 두루 다닌 시인이지만 못 간 데가 있으니, 멀지도 않은 북쪽이다. 낮술 이야기의 마지막을 굳이 아래의 시로 두는 것은 이 세상 편 가르기의 엉터리 모범과 그걸 지독하게도 이어가는 분단을 일깨워주는 기절할 맛이 있어서다. 북쪽 대폿집에 가서 그쪽 친구들과 낮술 한잔하자는 데 뭐가 이리 어려운가.

　　낮은 지붕들이 처마를 맞댄
　　골목으로 들어가면 대폿집이 보일 거야
　　판자문을 밀고 들어서면 자욱한 담배 연기
　　돼지고기가 타고 두부찌개가 끓고

어디서 본 듯한 깊은 주름들

귀에 익은 웃음소리

손을 흔드는 사람도 있겠지

오래간만이라고 왜 이제서 왔느냐고

다가와 잡은 손들도 있을 거야

나는 울지 않을 거야

마디마다 기름때가 낀

못 박힌 거친 손들을 잡더라도

　　　　　　— 신경림, 「신의주 — 丹東에서」[8] 전문

　단둥(丹東)은 압록강 건너 신의주를 지척에서 볼 수 있는 곳이다. 박완서의 소설 「그 여자네 집」에서 곱단이가 시집간 곳이다. 단둥에 와서 만득 씨는 눈치 없이 아내 앞에서 눈물을 흘린다. 만득씨도 그 아내도, 어쩌면 건너편에 살고 있을지 모를 곱단이도 제각각 조금씩 다른 이유로 서러워하지만 똑같이 분단의 아픔을 나누어 가지고 있다.

　설령 신의주에 특별한 연고가 없다고 하더라도 어느 때고 지나거나 들를 수 있고 그곳의 풍토나 인심에 몹시 끌리기도 할 것을, 눈앞에 두고 다가갈 수 없다니 시인은 화가 나기도 하고 그 이상으로 슬프기도 할 것이다.

　북쪽 어느 대폿집에 그곳 사람들의 정서가 묻은 "깊은 주름"

도, "웃음소리"도, "거친 손"도 하나같이 반갑지 않겠나. 누군 생전 처음이라서 감격하고, 또 다른 누군 너무 오래간만이라서 잡은 손을 놓지 않고 눈물 바람이 된다. "나는 울지 않을 거야" 외지만 시인은 원 없이 울고 싶은 마음이다. 『시인을 찾아서』에서 소개했던 박용래 시인과의 첫 만남처럼, 두 손을 잡고 눈시울을 적시며 권커니 잣거니 하고 싶은, 그렇게 술도 푸고 속도 풀어야 할 것을 생각하는 마음이다. 동시에, 영영 그러지 못할 것 같은 사정에 울고 싶은 마음이기도 하다.

언제쯤 단둥이 아니라 신의주에 직접 가서 백석 시의 '남신의주 유동 박시봉 방'의 흔적을 찾을 수 있을까. 그곳 술과 돼지고기와 두부찌개 맛은 어떨지 냠냠거릴 수 있을까. 1927년 대륙 횡단 기차표를 끊고 나혜석이 갔던 길(김창원,《중부일보》, 2017. 6. 26)을 이제 나저제나 갈 수 있을까.

낮술 한잔의 낭만과 꿈을 좇아 시작한 여정이 낮술 한잔의 물기와 눈물을 지나 이제, 귀퉁이에 모로 앉아 어뜩잠에 들면 딱 좋을 시간에 왔다. 이 글이 낮술에 대한 편향적 기림은 아니더라도 낮술을 주제로 하는 만큼 낮술에 대한 예의를 차리고자 했다. 그런 만큼 일상생활의 리듬을 현저히 깨는 낮술의 흠에 대해서 다소 모호하게 쓰거나 그런 면을 흐리는 투로 썼다는 생각도 없지 않다. 예술에 기대어 생활의 일탈을 사소하게 여기는 경향이 있다는 걱정도 없

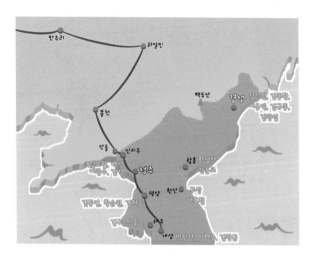

나혜석 구미 여행 출발 경로와 문인 출생지 지도

90년 전에 나혜석이 갔던 길을 아직 열지 못하고 있다. 지도에서
보듯 평안도 정주와 함경도 경성은 별나게도 내로라하는
문인들이 많이 태어났다. 김소월과 백석이 다녔던 오산중학교도
궁금하고 그 위에 개마고원과 삼수갑산도 꼭 가고 싶은 곳이다.
김기림과 김규동이 사제지간으로 있었던 경성중학교도
둘러보고 그곳의 순대와 가자미식해도 먹을 수 있으면 좋을
텐데, 지난 70년 세월 동안 꽁하게 막혀만 있다.

(그림 출처 : 이송은, 이동훈)

는 게 아니다. 반면에 생활에 실패하고 해고와 실업으로 인해 낮술 자리에 밀려온 사람들의 막막한 마음을 충분히 헤아리지 못한 면도 분명 있을 것이다.

그런 중에서도 낮술의 의미에 대해서 새롭게 환기해보고, 삶에서 잃어가는 것을 낮술에서 건지려는 자세를 부득불 취하고자 했다. 아니, 쓰면서 저절로 낮술에 빠져드는 느낌이 있었다고 솔직하게 고백해두자.

달콤한 피곤에 코를 골기도 하는 여유는 낮술의 정이다. 낮술엔 갑도 없고 을도 없다. 가난한 자는 수두룩해도 저 혼자 부자는 없다. 그들 앞에 놓인 잔은 생긴 게 다를 순 있어도 '일인일잔'이라는 사실만은 오래된 전통이다. 한잔 따르고 한잔 받고! 한잔 받고 한잔 따르고! 주거니 받거니 수작하면서도 더 받겠다고 다투는 경우를 아직 못 보았으니 낮술은 언제든 평등하다.

낮술이든 저녁 술이든 술은 말하고 싶은 것을 말하는 데 도움을 준다. 목소리를 내고 목소리를 키워야 할 때도 술의 도움을 받겠지만 술의 관건은 자신과 타인과 세상살이를 부드럽게 어루만져주는 데 있다. 배운 대로 어깨에 힘을 빼고 눈동자를 좀 더 흐려서 몽롱해지면 될 것이다.

그리움의 또 다른 이름 북관

노루가 안쓰러운 시인

귀주사의 밤 풍경

서로 미덥고 정다운 친구들

장글장글하고 쇠리쇠리한 백석

백석의 함주시초
꼼꼼 읽기

일상에서 시를 긷고 다듬어서 그 일상을 돌아보게 하는 시편들이
좋지만, 익숙한 일상에서 오는 타성을 언제든 경계해야 할 줄 안다.
누적된 피로감에 침체기를 겪는 건 시인도 마찬가지다. 이러할 때
여행은 피로를 벗어나게 하는 유효한 처방이다. 맴도는 공간, 익숙
한 관계로부터 벗어나 낯선 고장, 생면부지의 사람에게 설레며 새
로운 공기에 킁킁거려보게 되는 게 여행이다. 남이 기대하는 자신
의 모습에서 자유로워져서 모험심이 활달하게 일어나는 것도 여행
의 매력이다. 예술가가 남과 구별되는 점이 있다면 낯선 곳에서의
인상적인 풍경이나 새로운 경험을 어떤 식으로든 기록해두려고 짬
을 낸다는 것이다.

　　그림을 업으로 여기는 사람이라면, 삼각대를 두고 풍경을 모
사하거나 자기화하기 시작할 것이다. 멈춰서 작업하느라 여행이

권용섭, 〈대동강이 보이는 평양〉(2003)

평양은 백석이 해방 이후 십여 년 머물렀던 곳이다. 러시아 작품을
번역하며 글쓰기를 멈추지 않았지만 경직된 이념 사회에서 백석의
설 자리는 점점 줄어들고 끝내 삼수로 추방되고 만다. 권용섭
화가는 눈에 보이는 풍경을 5분에서 10분 남짓으로 특징을 잡아
그리는 수묵속사에 능하다. 독도와 금강산을 지나 현재도 지구촌을
돌면서 그림을 그리고 있다. 자기 그림을 그릴 뿐 남과 경쟁하지
않아서 좋다고 말한다.

방해받는 걸 꺼리는 경우에라도 풍경을 속사(速寫)로 남겨둘 수 있다. 몇몇 화가는 약간의 물감을 덧씌워서라도 자신이 받은 인상을 제대로 간직하고 싶어 한다. 화가가 그림을 남기듯 시인은 여행 시편을 쓰는 일에 골몰한다. 시의 마침표를 찍고 난 뒤에야 비로소 여행 종료를 인정하고 다음 여행을 꿈꾸기 시작하는 것이다.

집에 앉아서도 책 읽기나 상상을 통해 세상 구석구석을 여행할 수 있다는 말에 공감하고, 인생도 길게 보면 여행의 연속이란 말에도 고개를 끄덕이게 된다. 다만, 삶의 방편을 찾아 떠나는 이동이나 이주는 여행의 매력을 반감시킬 여지도 있다. 그러니 여행이 여행답기 위해서는 여행 의식을 가지고 떠나야 한다. 이 글에서 다룰 백석 시인도 의식적으로 여행에 의미를 부여하고 거기서 결실한 시 몇 편에 대해선 따로 '시초(詩抄)'란 제목으로 발표했다.

흔히 '베낄 초, 뽑을 초'로 새기는 초(抄)는 일상의 소소한 일을 직접 손(扌=手)으로 가려 뽑아 기록한다는 의미니, 시초란 것은 말 그대로 시를 뽑아 적는 일이다. 이동 지역과 관련된 백석의 시초는 일상을 떠난 여행자의 시선도 있겠지만 여행지의 인상, 체험, 생각을 자기화해서 시의 지평을 넓혀간 게 눈에 띈다.

백석은 남행시초(《조선일보》, 1936. 3. 5~8) 4편, 함주시초(《조광》, 1937. 10) 5편, 서행시초(《조선일보》, 1939. 11. 8~11) 5편을 남겼다. 이 글에서는 함주시초 시편만 새로 읽어보고, 나머지 여행 시편들은 다음 기회에 또 다르게 읽어볼 생각이다.

동향의 선배 김소월이 닫힌 공간에서 꿈만 꾸다가 그 꿈에 질식해버린 느낌을 준다면, 백석은 애증과 실의의 공간에서 스스로 몸을 빼서 내키는 곳으로 나아가는 쪽이다. 백석의 이러한 태도는 현실을 직시하거나 문제를 해결하려는 모습이 아니었지만 이전의 감정을 수습하는 데는 분명히 도움이 되었을 것이다.

백석은 『사슴』(1936) 이후 거의 두세 세대를 건너뛰어 또 한 번의 전성기를 열고 있다. 사람은 가고 예술은 남는다더니 백석도 그러하다. 이동순 시인은 『백석 시전집』(1987)으로 분단 이후 사라진 백석을 다시 불러낸 백석의 조력자다. 김영한 여사가 『내 사랑 백석』을 쓰도록 도우며 그녀가 백석의 '나타샤'로 유력하게 거론되게끔 했지만 정작 이동순 시인은 나타샤를 김영한으로 특정하지 않는다.

이후 송준 작가는 일본과 중국, 러시아를 넘나들며 백석에 대한 흔적을 좇은 끝에 『시인 백석』 1, 2권을 1994년에 냈다가, 2012년에 이르러서야 만주와 평양, 이어지는 삼수 시절의 백석 모습까지 보태서 3권을 마무리하게 된다. 화가 몽우 조셉 킴은 송준을 통해 백석을 새로 읽은 것이 계기가 되어 삶의 전환점을 맞는다. 화가는 오른손을 못 쓰게 된 상태에서 백석의 시를 통해 다시 그림을 그릴 용기를 얻게 되었고, 자신의 왼손 그림을 곁들인 『백석 평전』(2011)을 출간하기도 했다.

안도현 시인은 백석의 일대기와 작품을 좀 더 일목요연하게 정리해서『백석 평전』(2014)을 냈다. 일찍이 백석을 좋아하던 시인은『외롭고 높고 쓸쓸한』(1994)이란 시집 제목을 백석 시에서 빌렸다. 그 시집에서 "여행"이란 "세상이 우리를 내버렸다는 생각이 들 때/ 우리 스스로 세상을 한번쯤 내동댕이쳐 보는"(「모항으로 가는 길」) 것이라고 얘기한 대목은 두말할 필요 없이 백석 풍이다.

백석을 아끼는 사람들의 진지한 탐구와 노력이 하나둘 결실하면서 백석의 삶과 문학이 더 널리 알려지고, 그의 작품에 빠져드는 팬들도 늘어가고 있다. 나 역시 그런 경우일 텐데, 독자 입장에서 함주시초 감상을 보탬으로써 백석을 더 가까이 만나고 느끼는 데 그 쓸모가 조금이라도 있기를 바란다.

이 글의 인용 작품은 고형진이 엮은『정본 백석 시집』(2007)의 시를 기본으로 했다. 함주시초에 실린 작품은, 순서대로「북관(北關)」「노루」「고사(古寺)」「선우사(膳友辭)」「산곡(山谷)」등 다섯 편이다. 다섯 코스의 짧은 여행이지만 백석이 심어놓은 재미가 적지 않을 것이니 조금 설레도 좋겠다.

그리움의
또 다른 이름
북관

여행을 떠나는 마음으로 웹상에 함경도 지도를 띄워놓는다. 북관
은 함경도의 다른 이름이다. 함경도와 평안남도와 경계를 두고 낭
림산맥이 지나며 그 중심에 개마고원이 넓게 자리 잡고 있는데 1월
평균 기온이 영하 20도에 달한다는 곳이다. 여기서 함경산맥이 길
게 동서를 가르며 있고, 이와 교차해서 함경도 남북을 가르며 마천
령산맥이 있다. 대다수 주민들은 험한 산지 지형을 피해서 항구 쪽
에 모여 산다.

명태(明太) 창난젓에 고추무거리에 막칼질한 무이를 뷔벼 익힌 것을

이 투박한 북관을 한없이 끼밀고 있노라며

쓸쓸하니 무릎은 꿇어진다

시큼한 배척한 퀴퀴한 이 내음새 속에

나는 가느슥히 여진(女眞)의 살내음새를 맡는다

얼근한 비릿한 구릿한 이 맛 속에선

까마득히 신라(新羅) 백성의 향수(鄕愁)도 맛본다

― 백석,「북관(北關)」 전문

북한 지역은 지도상의 지역 구획이나 이동 경로를 자세히 볼 수 없게끔 되어 있지만 눈에 보이는 지역명이라도 반가이 짚어본다. 먼저 손이 간 곳은 백석이 영어 교사로 부임한 영생고보가 있던 함흥이다. 함흥은 왼편의 평양에서, 또 아래쪽의 금강산에서 차편으로 각각 서너 시간 거리에 있다. 이름이 익숙한 함경도 경성은 다시 동해를 끼고 북쪽으로 그만큼의 시간을 더 가야 한다. 백석의 발길이 닿은 함주는 함흥 바로 아래쪽에 인접해 있다.

　　1936년 조선일보사를 그만두고 함흥 영생고보 선생이 된 백석은 이듬해 수필 「무지개 뻗치듯 만세교」(《조선일보》, 1937. 8. 1)에서 함흥을 서늘한 고장으로 소개한다. "이 서늘어운 도시에 성천강 좋은 물이 흘러 더욱 좋다. 강은 한번 마음대로 넓어 보아서 북관놈의 마음씨같이 시원하게 산빗물 붉은 이 강에 백운산(白雲山) 하이얀 뭉게구름이 날리고 정화능 백로(白鷺)새 날리고 신흥골 통바람이 날리는 때 함흥 사람도 같이 뛰어들어 천하의 서늘어움을 얻으며 자랑웃음을 웃는다"고 했고, "강이 넓으니 다리가 길어 만세교인데 난간에 기대이면 함흥벌 변두리가 감감 쇠리하야 태고같이 아득하고 장진 산골 날여멕인 바람이 강물을 스쳐와 희미한 선미(仙味)가 구름 위에 떴구나 생각게" 한다고 적었다. 만세교에서 신선의 기분을 내는 것이야 특별할 건 없지만 산의 빗물이 더해진 성천강을 두고 북관 사람의 마음씨같이 시원하다고 표현한 대목은 묘미가 있다. 몇 달 전, 친구인 신중현과 연모 대상인 박경련이 결혼했다는

성천강 만세교

이전의 목조 다리가 홍수에 떠내려간 뒤 1930년 콘크리트
다리로 만들었지만 한국전쟁 때 폭격당한다. 백석이 이 다리
위를 누구와 걸었을지 궁금하다.

(자료 출처 : 서울역사박물관 소장 자료,
『약진조선대관』, 제국대관사, 1938)

날벼락 소식을 들었음에도 불구하고 백석 스스로 낯선 곳에 빠르게 적응해서 일상의 여유를 누리며 지낸다고 부득불 안부를 전하는 것 같기도 하다.

북관 생활이 좀 더 익숙해진 2년 차에 백석은 《삼천리문학》(2집, 1938. 4)에 시 세 편을 보내는데, 공교롭게 북관에 대한 언급이 세 편 모두에 나온다. "투박한 북관말을 떠들어대며/ 쇠리쇠리한 저녁해 속에/ 사나운 즘생같이들 사러졌다"(「석양」) "나는 북관에 혼자 앓어 누워서/ 어늬 아침 의원을 뵈이었다"(「고향」) "북관에 계집은 튼튼하다/ 북관에 계집은 아름답다"(「절망」).

「석양」은 북관 어느 장터의 영감들 모습을 스케치하듯 묘사해놓은 것인데, 거칠고 투박한 이곳의 언어와 사나워 보이는 사람 기질을 실감나게 그렸다. 다만 노인의 귀가하는 배경에 '쇠리쇠리한' 저녁 해를 두어, 백석이 이러한 장면을 따스하게 보고 있음을 알게 한다. '쇠리쇠리하다'는 건 '눈부시다'의 평북 방언이다. 백석 시의 몇몇 장면에서 이 단어를 반가이 만나고부터 백석 이미지를 떠올릴 때면 덩달아 쇠리쇠리해지는 기분이다.

「고향」은 객지인 북관에서 시인이 아파 누웠을 때, 왕진 온 고향 의원에게 깊은 위로를 받는 이야기다. 의원을 부를 정도로 병세가 위중했던 것은 몸과 마음을 다치고 깊이 앓어서일 텐데, 벗과 연인의 결혼 사건과 무관하지 않을 것이다. 이후에도 백석은 당시의 괴로운 마음을 여러 편의 시로 표출한다. 이처럼 백석은 글쓰기를 통해 상처를 견디거나 상처로부터 자유로워지려는 마음을 애써 낸 작가이기도 하다.

「절망」은 튼튼하고 아름다운 북관의 계집을 마음에 두었다가, 어느 사이 그 계집이 무거운 물동이 이고 어린것의 손을 끌며 가파른 언덕에 올라서는 걸 보고 서러워하는 내용이다. 계집의 고된 노동에 대한 연민으로 읽을 수도 있지만, 앞서 백석의 사정과 제목을 고려한다면 사랑의 감정이 실연으로 다가오고 다시 회복할 수 없는 거리에 '절망'하는 내용으로도 읽을 수 있다.

그럼, 함주시초 첫머리에 나오는 「북관」은 어떤가?

그냥 지명만 생각했다면, 시를 읽는 동안 북관에 대한 정체가 혼란스러워진다. 시는 어떤 음식에 관한 이야기로 보이기 때문이다. 음식과 북관, 이 둘을 상식적으로 연결 짓자면 이 시는 북관이란 이름만 들어도 생각나는 음식에 대한 이야기이거나, 거꾸로 음식 맛과 향을 통해서 자연스레 북관을 떠올리게끔 했다고 말할 수 있겠다.

백석의 시엔 음식 박물지라 할 만큼 음식 이름이 자주 등장한다. 백석은 국수 한 사발에 가족과 마을과 공동체의 역사까지 엮어서 맛나게 요리할 줄 안다. 북관도 그러한 시다. 다만, 국수라는 단어 하나 없이 국수의 모든 것에 대해 얘기할 때도 시 제목이나마 '국수'였지만, 이번의 경우는 음식 이름을 끝내 이야기하지 않는다. 시큼하고 얼근한, 퀴퀴하고 비릿한 맛과 향을 자극하는 음식 이름

자리엔 엉뚱하게도 '북관'이 있다. 함경도를 지칭하는 북관이 불려와 음식 얼굴을 하고 있는 것이다. 먹는 것 하나에도 따뜻하고, 유머러스하고, 거창한 백석답다고나 해야 할까.

도대체 정체가 헷갈리는 북관은 어떤 음식인지, 아니 어떤 음식을 떠오르게 하는지 들여다보자. 창난젓, 고추 빻은 찌꺼기, 무를 비벼 익혔다고 하니 젓갈류가 아닌가 싶다. 생선에 약간의 소금과 밥을 섞어 숙성시킨 식품을 식해(食醢)라고 하니 명태식해라고 봐도 되겠다. 사실 이 지역은 가자미식해가 유명한데, 그쪽 표준어로는 가자미식혜(食醯)가 된다. 고춧가루와 무와 생강을 버무려 익히는 요리법은 안동식혜와도 유사한 면이 있다. 명태는 동해에서 남쪽으로 더 내려가지 않지만 사람 사이 지역 교류는 그렇지 않을 것이니 양쪽 간 영향 관계도 생각해봄 직하다. 백석 시인은 가자미에 대한 애정을 여러 번 드러냈지만, 이 시에서만큼은 명태에게 자리를 내준 셈이다.

음식에 대한 이해와 의문은 이쯤 줄이고 다시 제목을 보자. 북관은 타지이지만 정을 붙여 살면 고향이다. 태어난 평안도든, 살고 있는 함경도든, 연인이 있는 경상도든 마음 가는 곳은 다 고향이다. 명태식해를 마주하는 동안 백석의 마음은 고향에 있다. 고향 음식, 고향 사람을 그리워하고 그 맛과 체취와 정에 자꾸 흠흠거리는 게 바로 북관이다. 말하자면 북관은 그리움의 또 다른 이름인 것이다.

다만, 송준은 백석이 당시에 처한 상황과 살 냄새와 향수를 맡는 내용에 주목하여 「북관」을 통영의 여자를 그리워하는 시로 읽기도 한다. 유효한 해석이지만 개인사에 대한 배경 지식이 지나치게 작용한 감도 있다.

노루가
안쓰러운
시인

안도현 시인은 거미 가족의 안녕을 걱정하는 백석의 「수라(修羅)」를 두고 생태주의 시의 모범으로 꼽은 바 있다. 「노루」에서도 미물에게 미치는 인간애를 잘 보여준다. 사실 거미나 노루를 미물로 인식하는 바탕에도 인간 위주의 생각이 당연시되어 있다. 이런 인식에 대한 근본적인 회의와 성찰 끝에 이 시를 쓴 것은 아니겠지만, 백석의 시편에는 인간뿐만 아니라 뭇 생명에 대한 존중이 예사로 나타나고 있음을 볼 수 있다.

장진(長津) 땅이 지붕 넘에 넘석하는 거리다
자구나무 같은 것도 있다
기장감주에 기장차떡이 흔한데다

이 거리에 산골사람이 노루새끼를 다리고 왔다

산골사람은 막베등거리 막베잠방등에를 입고
노루새끼를 닮었다
노루새끼 등을 쓸며
터 앞에 당콩순을 다 먹었다 하고
서른닷냥 값을 부른다
노루새끼는 다문다문 흰 점이 백이고 배 안의 털을 너슬너슬 벗고
산골사람을 닮었다

산골사람의 손을 핥으며
약자에 쓴다는 흥정 소리를 듣는 듯이
새까만 눈에 하이얀 것이 가랑가랑한다
― 백석, 「노루」 전문

　　근래 생태주의자는 자본의 증식과 이익에 휘둘리는 인간 중
심의 사고와 활동을 경계하며, 인간도 지구 공동체의 일부라는 생
각을 받아들이고 공존을 모색해야 할 것을 말한다. 한마디로 나무
한 그루가 없다면 인간도 무엇도 있을 수 없다는 주의다. 거미와 노
루를 동등한 인격체로 대우해주는 시인의 마음 씀씀이도 생태주의
자의 면모로 전혀 손색없으니, 백석은 생태주의 이론이 채 나오기

전에 이미 그런 생각을 체화하고 있었다고 하겠다.

위 시에서 산골 사람은 노루 새끼를 닮고, 노루 새끼는 산골 사람을 닮았단다. 산골 사람은 "노루새끼 등을 쓸며" 노루 새끼는 "산골사람의 손을 핥으며" 서로 정을 내는 것이 동지적 관계의 오고 가는 정과 다를 게 없다. 산골 사람에게 노루 새끼는 단순한 가축이나 거래 물건만은 아닌 것이다. 물론 생활의 방편으로 노루 새끼를 팔아야 하고 값을 불러야 한다. 더욱이 몸이 약한 사람에게 좋다는 흥정 소리는 냉정한 현실을 환기한다. 시인은 깊은 연민의 시선으로 이를 응시하고 있다. "새까만 눈에 하이얀 것이 가랑가랑한 다"는 표현이 딱 그렇다. 노루 새끼의 울먹한 눈을 발견하고 이를 자신의 슬픔으로 여기는 선한 마음이 독자의 가슴에도 뭉근하게 와 닿는다. 근래 독립 영화 〈워낭소리〉(2008)에서 늙은 소를 애잔하게 여기는 부부의 마음과 소의 눈물이 호응하는 장면도 이와 같다고 할 것이다.

기장 감주, 기장 찰떡의 재료인 기장도 백석 글에 자주 호명되어 나오는 편이다. 평안북도 일대를 여행하면서 쓴 서행시초, 그 네 번째에 해당하는 「월림장」에도 "샛노랗디샛노란 햇기장 쌀을 주무르며/ 기장쌀은 기장차떡이 좋고 기장차랍이 좋고 기장감주가 좋고 그리고 기장쌀로 쑨 호박죽은 맛도 있는 것을 생각하며 나는 기쁘다"라는 표현이 나온다. 기장차랍은 찰기장으로 지은 밥이다. 쌀, 보리, 조, 콩과 함께 오곡에 꼽히기도 하는 기장은 같은 볏과

식물인 수수와 함께 척박한 곳에서도 잘 자란다. 이 둘은 산지가 많은 함경도 지역의 대표 종이 되어 엿, 떡, 술을 만드는 재료로 이용된다. 고량주(高粱酒)의 고량이 수수를 의미하지만, '량'자를 따로 기장 량으로 새기는 것으로 보아, 수수와 기장이 오래전부터 이웃으로 붙어 지냈음을 짐작할 수 있다.

백석은 기장찰떡 외에도 명절이면 "인절미 송구떡 콩가루차떡"(「여우난골족」)에 "조개송편에 달송편에 쥔두기송편"(「고야(古夜)」)을 맛보았던 기억을 꺼내고 있다. 여기서 조개와 달은 송편 모양이겠지만 '쥔두기'는 당최 연상이 되지 않는다. '진드기'로 설명을 달아놓은 곳이 많은데 이해하기 어렵다. 모양에 너무 집착해서 생긴 문제다. 찰기가 있는 '진득이'에서 오지 않았을까 하는 어림짐작만 내놓고 나중에라도 더 공부해볼 요량이다.

떡을 먹을 때 기장 감주를 곁들이면 좋을 것이다. 아니면 "해정한 모래부리 플랫폼에선/ 모두들 쩔쩔 끓는 구수한 귀이리차를 마신다"(「함남도안(咸南道安)」)를 흉내 내어 그곳 도안역에 직접 가서 귀리차를 홀짝이는 것도 선택지에 넣자. 그도 서운하면 "삼춘이 밥보다 좋아하는 찹쌀탁주"(「고방」)나 "따끈한 삼십오도 소주나 한잔"(「구장로(球場路)─서행시초1」) 걸치면 남부러울 일이 전혀 없으렷다.

귀주사의
밤
풍경

함주시초 세 번째는 절에 머물렀던 체험을 스케치한 것이다. 백석은 「고사(古寺)」를 함주에 있는 귀주사에서 썼음을 시 끄트머리에 첨기하고 있다. 귀주사는 태조 이성계의 고향 인근이다. 아들과의 다툼으로 함흥에 다시 왔을 때 이곳에서 얼마간 머물기도 했다. 그런 연고로 태조의 친필이 있는 어필각과 책을 읽었던 독서당이 유명하다. 1920년 큰 화재를 입어 새로 보수했다고 하니, 십오 년 정도의 간격을 두고 백석이 이곳을 찾았을 때는 옛 절의 아취를 기대하기 어려웠을 것이다.

이런 사정을 감안하면 시 제목 '고사'에서 건물 자체의 예스러운 느낌보다는, 내력 있는 절이란 의미와 함께 지금은 그렇지 못하다는 쓸쓸한 정경을 떠올리게 된다. 한때 공양간으로 부지런히 쌀이 들고 나던 호시절이 있었겠지만 백석이 찾았을 때는 절의 사정이 여의치 못했을 걸로 보인다. 귀주사 공양간은 특이하게도 두 길이나 될 만큼 부뚜막이 높아 사닥다리로 쌀을 지고 올라야 한다. 때마침 공양주가 쌀을 지고 오는데 어쩐 영문인지 그 큰 솥에다 쌀을 안치지 않는다. 인색한 절 인심일 수도 있지만 시주받은 쌀을 내놓을 수 없을 정도로 절의 형편이 어려워졌다는 뜻도 된다. 1937년 7

귀주사 정경

외관만 봐서는 관북선교량종의 본산답게 상당한 규모를
짐작할 수 있지만 내실이 어떠했는지는 나중에라도 더
따져보면 좋겠다. 백석이 영생고보 학생들을 인솔해서
이쪽으로 야영 온 게 아닐까 하는 생각도 얼핏 든다.

(자료 출처 : 서울역사박물관 소장 자료,
『약진조선대관』, 제국대관사, 1938)

월경에 시작된 중일전쟁으로 군비와 식량 확보가 절실해지던 시대
상황과 무관하지 않을 것이다.

부뚜막이 두 길이다.
이 부뚜막에 놓인 사닥다리로 자박수염난 공양주는 성궁미를 지고
오른다

한 말 밥을 한다는 크나큰 솥이
외면하고 가부틀고 앉아서 염주도 세일 만하다

화라지송침이 단채로 들어간다는 아궁지
이 험상궂은 아궁지도 조앙님은 무서운가보다

농마루며 바람벽은 모두들 그느슥히
흰밥과 두부와 튀각과 자반을 생각나 하고

하펌도 남즉하니 불기와 유종들이
묵묵히 팔장 끼고 쭈구리고 앉었다

재 안 드는 밤은 불도 없이 캄캄한 까막나라에서
조앙님은 무서운 이야기나 하면

모두들 죽은 듯이 엎데였다 잠이 들 것이다

(歸州寺 ― 咸鏡道 咸州郡)

― 백석, 「고사(古寺)」 전문

"한 말 밥을 한다는 크나큰 솥"은 옛 영화를 뒤로하고 이젠 군
식구나 손님에게 내놓을 게 없다. 그릇들도 소용될 일이 없으니 "묵
묵히 팔장 끼고 쭈구리고 앉았"을 뿐이다. 배고픈 사람을 눈앞에 두
고 밥 한 공기, 숭늉 한 대접 없으니 불가의 도리가 아니다. 그렇다
하더라도 어찌할 다른 방편이 없으니 눈 감고 외면하거나, 염주 헤
아리며 도 닦는 시늉만 한다는 것이다. 특정 누구를 비방하거나 문
제 삼기보다는 부처도 스님도 공양주도 아닌 "솥"이 그 역을 대신
하게 하는 데서 백석의 남다른 유머 감각과 상상력이 빛난다. 객의
입장에서는 제법 언짢을 상황인데도 백석은 웃음기를 놓지 않고
있다.

마지막 연의 '조앙님'의 존재를 보건대, 절집 부엌에서만큼은
부처가 조왕신의 존재감을 아직 넘지 못한 듯하다. 절 한쪽에 산신
각을 두고 부처와 무속의 동거를 용인하는 풍속도 어제오늘의 일
이 아니다. "내가 날 때 죽은 누이도 날 때/ 무명필에 이름을 써서
백지 달아서 구신간시렁의 당즈깨에 넣어 대감님께 수영을 들였다
는 가즈랑집 할머니"(「가즈랑집」)로 알 수 있듯, 백석 가계의 무속적
분위기 역시 당시로서는 특별한 일이 아니었다. 백석의 부모는 자

식의 액을 막기 위해 가즈랑집에 딸, 아들 이름자를 적어두고 겉으로나마 무당 할머니의 수양딸, 수양아들이 되게끔 한다. 백석이 가즈랑집 할머니를 친근하게 따르긴 했지만 무당 할머니든, 집집이 부뚜막에 기거하는 조왕할머니든, 순탄치 않은 인생에 언제든 길흉화복을 달리하는 존재로 여겨졌을 테다. 그러니 조왕신도 마냥 편할 리 없고, 혹여 아닌 밤중에 기척이라도 있으면 무서운 마음이 드는 것이다.

서울의 길상사는 백석을 기다리던 김영한 여사의 한이 서린 곳이지만 백석 본인은 이를 알지 못한다. 오히려 백석이 '까막나라'로 표현한 귀주사의 밤 풍경이 숨겨놓은 또 다른 이야기를 풀고 싶어 입을 달싹거리고 있을 것 같다.

서로
미덥고 정다운
친구들

백석은 시 제목을 수수께끼 놓듯 해서 시의 의미가 더 불거질 수 있도록 고안하기도 하는데 「수라(修羅)」가 대표적 경우다. 이제 소개할 시의 제목인 「선우사(膳友辭)」도 생경한 한자어 조합을 선보인다. 선(膳)은 '반찬'이란 뜻도 되지만 선물(膳物)에서 보듯 '주다'라는 의미도 있다. '반찬 친구'를 말하면서도 이 시 자체가 '친구에게 주는 글'이란 의미를 갖는다. 좋은 뜻으로 주고받으면 시 한 편이 선물이 기도 할 것이다.

낡은 나조반에 흰밥도 가재미도 나도 나와 앉아서
쓸쓸한 저녁을 맞는다

흰밥과 가재미와 나는
우리들은 그 무슨 이야기라도 다 할 것 같다
우리들은 서로 미덥고 정답고 그리고 서로 좋구나

우리들은 맑은 물밑 해정한 모래톱에서 하구 긴 날을 모래알만 헤이
며 잔뼈가 굵은 탓이다
바람 좋은 한 벌판에서 물닭이 소리를 들으며 단이슬 먹고 나이 들
은 탓이다
외따른 산골에서 소리개 소리 배우며 다람쥐 동무하고 자라난 탓이다

우리들은 모두 욕심이 없어 희여졌다
착하디착해서 세관은 가시 하나 손아귀 하나 없다
너무나 정갈해서 이렇게 파리했다

우리들은 가난해도 서럽지 않다
우리들은 외로워할 까닭도 없다
그리고 누구 하나 부럽지도 않다

흰밥과 가재미와 나는
우리들이 같이 있으면
세상 같은 건 밖에 나도 좋을 것 같다
— 백석,「선우사(膳友辭)」전문

시인의 분신인 "나"와 "흰밥"과 "가재미"는 친구로 조우하고
있다. 셋은 닮았다. 서로 정겹고, 욕심 없이 희어졌다. 너무나 정갈
해서 파리할 정도라고 하니 세상 사는 박력은 다소 부족해 보인다.
하지만 깨끗한 데서 동질감을 갖고 함께하는 모습에서 시인의 지
향이나 자존감을 느낄 수 있다.
　이들이 헤쳐가야 할 세상은 순순하지도 단순하지도 않다. 개
인은 가만있고자 하나 세상은 선택을 강요하고, 그 대가를 치르게
한다. 선한 의지를 배신하는 결과가 주어지기도 하고, 믿음을 꺾게
만들기도 한다. 언제든 밥을 빌어야 하는 문제로부터 자유롭지 못
하다. 이 모든 부정적 의미를 담아 "세상 같은 건"이라고 시인이 읊
조렸을 것이다. 그러니 마지막 시 구절은 이런 불순한 세상으로부
터 격리되어도 괜찮다는 말로 들린다. 불순한 세상을 바깥으로 밀

294

정현웅, 백석 초상 (《문장》, 1939. 7)

정현웅, 백석 초상 (『집게네 네 형제』 속표지 삽화, 조선작가동맹출판사, 1957)

1939년 조선일보사로 돌아온 백석은 《여성》 편집을, 정현웅은 삽화를
담당한다. 백석이 서반아 사람 같고 필리핀 사람 같다고 유머러스하게
말을 하지만 요지는 조각처럼 잘생겼다는 것이다. 둘의 인연은 북쪽에서도
이어진다. 화가 정현웅에 관한 책으로, 『시대와 예술의 경계인, 정현웅』이
있다.

쳐두겠다는 의지의 피력으로도 보인다. 머잖아 시인은 "세상 같은 건 더러워 버리는 것이다"(「나와 나타샤와 흰당나귀」)라고 한 번 더 말하게 된다.

그럼 백석에게 흰밥 같고, 가자미 같은 친구는 없었을까? 백석의 시에서 실명이 언급된 인물로 정현웅, 허준, 강소천 등이 주목된다. 정현웅은 당대 삽화가이자 장정가로, 1939년 신혼의 살림집을 뚝섬에 있는 백석 옆집으로 옮길 정도로 가까이 지냈고, 백석 초상을 두 장 남겼다. 백석이 '정현웅에게'란 부제를 써서 보낸 「북방에서」(《문장》, 1940.7)는 정작 정현웅을 떠올릴 만한 얘기는 없다. "아, 나의 조상은 형제는 일가친척은 정다운 이웃은 그리운 것은 사랑하는 것은 우러르는 것은 나의 자랑은 나의 힘은 없다 바람과 물과 세월과 같이 지나가고 없다"로 끝나는 시구는 이즈음 백석이 겪었을 외로움의 정도를 짐작케 한다. 정현웅은 그 외로움 속에 떠올린, 자신을 알아줄 만한 지기의 이름인 것이다.

실제 백석을 만나러 만주로 떠난 사람은 허준이다. 그 허준을 두고, "그 맑고 거룩한 눈물의 나라에서 온 사람이여/ 그 따사하고 살틀한 볕살의 나라에서 온 사람이여"(「허준」, 《문장》, 1940.11)라고 했으니, 이만한 애정 표현은 주는 이도 받는 이도 심지어 독자까지도 기꺼운 마음을 갖게 한다. "가난한 낯설은 사람에게 수백 냥 돈을 거저 주는 그 인정"의 주인공 허준이야말로 "착하디착해서 세관은 가시 하나" 없는 친구의 동류로 손색이 없다.

강소천은 영생고보 시절 백석의 제자였지만, 강소천이 늦깎이 학생이라서 4살 차이밖에 안 난다. 동시집(童詩集) 『호박꽃 초롱』(정현웅 장정, 1941)은 강소천이 자신의 문학적 재능을 꺼내준 백석에게 서문을 부탁하고 백석이 흔쾌히 서시로 대신하면서 세상에 나오게 된다. 한울이 "두틈한 초가지붕 밑에 호박꽃 초롱 혀고 사는 시인을 사랑"하는데 "그 이름이 강소천인 것을 송아지와 꿀벌은 알 것이다"는 백석의 시구로부터 두 영혼의 지극한 교류를 감지할 수 있다.

다시, "흰밥"과 "가재미"와 "나"를 보자. 서로 뜻과 정을 같이 해서 연대할 것 같으면 세상에 맞장 떠도 좋고, 그깟 세상은 버려도 좋다는 호기도 부릴 만하다. 그럼에도 세상은 호락호락하지 않고, 결속과 약속은 밥알 흩어지듯 풀릴 때도 있다. 저간의 사정을 다 헤아릴 순 없어도 미덥고 정다운 이를 호명하여 곁에 둬보는 시인의 마음이 쓸쓸하게 또 아름답게 느껴진다.

장글장글하고
쇠리쇠리한
백석

머루송이가 익고 아주까리 열매가 절로 터지는 가을날, 백석은 집

을 보러 이 골짝 저 골짝 헤매 다니다가 골짝 안쪽 산꼭대기에 거의
닿아서야 집 한 채를 만난다. 돌능와집이란다. '능와집'은 너와집의
이 지역 말이니, 돌능와집은 나뭇조각 대신에 널돌을 잇대어 지붕
을 했을 것이다.

돌각담에 머루송이 깜하니 익고
자갈밭에 아즈까리알이 쏟아지는
잠풍하니 볕바른 골짝이다
나는 이 골짝에서 한겨울을 날려고 집을 한 채 구하였다

집이 몇 집 되지 않은 골안은
모두 터앝에 김장감이 퍼지고
뜨락에 잡곡낟가리가 쌓여서
어니 세월에 뷔일 듯한 집은 뵈이지 않았다
나는 자꼬 골안으로 깊이 들어갔다

골이 다한 산대 밑에 자그마한 돌능와집이 한 채 있어서
이 집 남길동 단 안주인은 겨울이면 집을 내고
산을 돌아 거리로 나려간다는 말을 하는데
해바른 마당에는 꿀벌이 스무나문 통 있었다

낮 기울은 날을 햇볕 장글장글한 툇마루에 걸어앉어서

지난 여름 도락구를 타고 장진(長津) 땅에 가서 꿀을 치고 돌아왔다

는 이 벌들을 바라보며 나는

날이 어서 추워져서 쑥국화꽃도 시들고 이 바즈런한 백성들도 다 제

집으로 들은 뒤에 이 골안으로 올 것을 생각하였다

— 백석, 「산곡(山谷)」 전문

낮이 어지간히 기울어도 "해바른 마당"과 "햇볕 장글장글한
툇마루"를 가진 이 집이 백석의 마음에 꼭 들었나 보다. 여기서 '장
글장글하다'란 말은 햇볕이 따갑게 내리쬔다는 말인데, 앞에서 얘
기했던 '쇠리쇠리하다'라는 말과 함께 백석이 곧잘 쓰는 표현이다.
"한 십리 더 가면 절간이 있을 듯한 마을이다 낮 기울은 볕이 장글
장글하니 따사하다"(「황일(黃日)」)든지 "밭최뚝에 즘부러진 땅버들
의 버들개지 피여나는 데서/ 볕은 장글장글 따사롭고 바람은 솔솔
보드라운데"(「귀농」)라는 표현이 있다. 그런즉, '장글장글하고 쇠리
쇠리한 백석'이라고 말해도 좋을 만큼 두 단어는 백석의 이미지를
잘도 보여준다.

신간서를 들고 혹은 유성기를 틀어놓고 이곳 툇마루에 걸어
앉은 백석의 모습을 상상해보지만, 실제 백석이 계약을 해서 이 집
에 잠시라도 살았는지는 확실치 않다. 대개 학교 인근에서 하숙을
옮기면서 지냈던 것으로 알려져 있고, 방학 때면 기생 자야에게 잠

시 들렀다가 서울로 내려가곤 했을 것이다.

그럼, 외진 골짝에다 산꼭대기 추위까지 견뎌야 하고, 살고 있는 사람조차도 빠져나가고 싶어 하는 혹독한 겨울에 거꾸로 이곳을 택해서 오려고 했던 심사는 무얼까. 앞서 보았듯이, 「나와 나타샤와 흰당나귀」를 썼을 때의 상황이 이때와 묘하게 겹친다. "나타샤와 나는/ 눈이 푹푹 쌓이는 밤 흰 당나귀 타고/ 산골로 가자 출출이 우는 깊은 산골로 가 마가리에 살자", 이어서 "산골로 가는 것은 세상한테 지는 것이 아니다/ 세상 같은 건 더러워 버리는 것이다"라는 구절이 그렇다.

'세상'에 실망한 나머지, 한시라도 빨리 벗어나고픈 심정으로 '산골'을 선택한 것이다. 그 세상을 버릴망정 세상에 진 건 아니라고 한마디 보태는 것은 백석의 자존심이다. 당시의 백석은 혼란스러운 한때를 보내고 있었다. 『사슴』을 출간하면서 "한 개의 포탄을 던지는 것"(김기림의 말)처럼 등장했다가 곧 직장을 옮기는 선택을 과감히 실행한다. 그런 중에 연애 감정을 느끼고 결혼까지 생각했던 여자를, 가까이 지내던 벗이 가로채 가는 또 다른 포탄을 맞기도 했다.

어쩌면 백석은 당장의 집보다는 꿀벌을 치기 위해 "도락구를 타고 장진(長津) 땅에 가"는 주인이 내심 부러웠을 것도 같다. 트럭을 타고, 기차를 타고, 낯선 곳에 내려서 시끄러운 세상도 잊고, 존재에 대한 실망도 잊고, 그저 순한 생명을 돌보며 살고 싶었는지 모른다.

하지만 현실은 백석에게 산곡(山谷)의 돌능와집도, 산골의 마가리도, 그 어떤 평화도 쉽게 허락하지 않았다. 백석은 더 먼 데로, 더 자유로운 곳으로 눈을 돌리지만 어느 때고, 그게 자의든 타의든 간에, 그의 여행이 끝나는 곳에서 그의 시도 멈추게 되었을 것이다.

지금까지, 함주시초 시편들로 여행하는 기분을 제법 냈다. 백석의 이후 행적과 작품을 좇아서 새로이 여행하고 싶은 마음이 크지만, 그전에 남북을 오가며 백석과 주변 상황을 좀 더 자유롭게 공부할 여건이 조성되기를 기대한다.

함흥 시절 이후, 백석은 서울을 거쳐 만주 일대를 전전하다가 해방 후에는 번역 일과 아동문학에 힘쓰며 평양에 자리를 잡는다. 사상투쟁에 철저할 수 없었던 백석이었기에 내쫓기다시피 삼수로 가서 양치기가 된다. 거미 가족의 안녕을 바라고 오리와 망아지와 나귀를 좋아하던 백석의 평소 모습을 생각하며 그의 수필 「관평의 양」(1959)을 읽게 된다면, 백석이 험지에서 제 나름 자족하면서 지냈을 거란 추리도 가능하다. 그럼에도 쓰고 싶은 글을 쓸 수 없는 현실이 백석을 얼마만큼의 무게로 눌렀을지 가늠하기 어렵다. 백석은 불행했을까. 어찌 생각하면 작가로서 자기 안의 연료를 모조리 태우며, 더 보태지 않아도 좋을 만큼 말할 것을 다 말해버리는 일은 축복이다. 절필에도 불구하고 백석은 발표 작품만으로도 우리 문학의 축복으로 받들어지고 있으니 딴 세상을 여행하는 그에게 조금의 위로가 될지 모르겠다.

이제 여행의 종지부를 찍을 시간, '떠나지 못하는 나날'과 아직 '기록하지 못한 것들'이 모여서 여행을 꿈꾸게 하고 또다시 마음을 놀게 한다고 적어둔다. 정주든 함주든 삼수든 북녘 그 어디든, 그쪽의 차와 술을 받아두고 백석과 함께 덩달아 쇠리쇠리해지는 날을 꿈꿔본다.

그리운 것은 산 너머에

스승을 배우며 자기 길을 가고

소월과

스승

내가 김소월을 만난 것은 여남은 살 무렵이었을 것이다. 「먼 후일」 「눈 오는 저녁」 「예전엔 미처 몰랐어요」로 이어지는 연애 감정과 상실감을 어느 정도 이해했을지 의문이기는 하지만 상당한 수준으로 시에 끌린 것은 분명했다.

소월과 일찍 통하게 된 이면에는 비슷한 그늘을 가지고 있다는 생각도 작용하지 않았나 싶다. 물론 나중에 안 일이지만 소월은 아버지의 정신병과 그로 인한 집안의 어두운 공기를 견뎌야 했고, 이는 어머니가 없던 나의 어둠과 닮은 구석이 있었다.

소월의 가계는 어머니뿐만 아니라 숙모, 외숙모, 막내 고모까지 젊은 나이에 다들 외로웠다. 그래서 소월에게 여성 편향적인 기질이 생겼다고 하지만 그것보다는 여성을 여성보다 더 잘 이해하는 애어른으로 일찍 성장해버렸다고 하는 편이 옳을 것이다.

『진달래꽃』초간본 두 종(1925)

같은 출판사지만 판매를 책임진 곳에 따라, 장정과 표기 일부가
다르다. 중앙서림 총판본(왼쪽 사진, 등록문화재 제470-1호)은 그림
없이 연한 옥색으로 단순하게 장정한 반면, 한성도서주식회사
총판본(오른쪽 사진, 등록문화재 제470-3호)은 흙색 바탕 외에 눈에
띄는 색을 쓰진 않았지만 괴석과 진달래 그림만으로도 충분히 멋을
냈다. 발행 당시 정가 1원 20전인 초간본이 2015년 경매시장에 1억
3500만 원에 거래된 바 있고, 2017년 〈TV 진품명품〉에서 3억으로
감정받기도 했다. 수백억 재산이 백석의 시 한 줄보다 못하더라는
김영한 여사의 말을 생각할 것 같으면 시집이 비싸다고 할 수 없겠다.

(사진 출처 : 문화재청)

소월은 너무 일찍 어른이 되었고, 사랑의 시작과 함께 사랑을 끝내버린 게 아니냐는 인상을 남겼다. 이후의 소월은 좋았던 한때를 시간적으로 과거에, 공간적으로 멀찌감치 두면서 그 거리만큼 아파하는 내용의 시를 즐겨 썼다. 일부러 그러는 것처럼 소월은 그리운 대상과 떨어져 있고자 했다. 가까운 거리가 불편하고 불안했을 것이다. 사랑받는 데 익숙하지 못한 사람이 사랑하는 데 어려움을 겪는 심리도 한몫했을 것이다. 이별과 그로 인한 상처는 쉽게 치유될 성질의 것은 아니다. 상처가 깊다고 해서 상처에 대한 맷집이 따라오는 건 아니다. 상처에 대한 두려움만 더 키울 뿐이다.

시적 대상과의 심리적 거리와 그로 인한 절망적 상태에서 답답해하는 소월의 시는 과거 지향적인 데다 습하고 어두운 구석이 있는 만큼 내 안의 부정적 기질을 강화하는 면도 있었을 것이다. 하지만 그보다는 카타르시스를 경험하게 한 측면이 더욱 컸음을 고백한다. 사랑하는 사람을 출입할 수 없는 삼수갑산에 두고 "오리나무 위에서 운"(「산」) 새는 시인을 대신 울어준 것이기도 하지만, 동시에 내 젊은 날을 대신 울어준 것이기도 했기 때문이다. 시인을 곡비(哭婢)에 비유하는 말을 듣곤 하는데, 내게는 소월이 바로 그런 존재였다. 대신 울어주면서, 울음이 되지 않는 내 목소리를 다독이고 또 틔워주기도 했으니, 그런 면에서 소월은 한때의 좋은 스승임을 부인하기 어렵다. 그렇다고 언제까지든 남에게 울음을 맡기고 살 수는 없는 일이다. 그를 떠나서 자기 울음을 울어야 할 것이고, 또 다른 누군가를 위해 대신 울어줄 수 있다면 더욱 좋을 것이다.

그리운
것은
산 너머에

이때껏 시에서 손을 떼지 못하고 어쩌다 끼적거리게 되는 것도 소월
의 영향일 수도 있겠는데, 아래의 졸시는 그 일면을 담아본 것이다.

먼 친척 누나가

발톱에 매니큐어 바르며 밀쳐버린

야릇한 향 풍기는 손바닥만 한 시집을

김소월 지나 칼 부세까지 쿵쿵대며 읽었다.

예전에 미처 몰랐다는 식으로

지금의 통점만 후벼 파는 소월은

저 산 너머 좀 더 멀리 행복이 있다는

부세를 읽지 못했나 보다.

그리워하다가 아파하다가

요절해버린 시는 골수 깊이 박혀

집 나간 어머니의 흔적처럼

어둠 속을 오래 떠다녔으니

만약 그때 소월을 건너뛰어

부세만 읽었다면 생이 가벼워졌을까.

행복은 이다음에 있는 거라고

편하게 주워섬겨 삶이 달라질까마는

얼음장 지치다 돌아온 날

시집 한 쪽에 그리운 건

뽀송한 양말일 뿐이라고 적었듯이

산다는 건 그리운 것의 목록을 쌓아 가며

이전의 그리운 것을 잊는 것일까.

으스름한 꿈길로 오던

희미한 사랑마저 희미해질 때

먼 친척 누나가

집을 나갔다는 소문이 들린다.

— 이동훈, 「그리운 소월」[1] 전문

내가 외우는 몇 편 안되는 시 중에, 칼 부세의 「산 너머 저쪽」이 있다. "저 산 너머 저쪽/ 행복이 있다고 말하기에/ 남 따라 갔다가/ 눈물만 머금고 돌아왔네/ 저 산 너머 저쪽 좀 더 멀리/ 행복이 있다고 말하건만"으로 대강 번역되는 시다. 바라는 것, 그리워하는 것은 바로 주어지지 않으며, 설령 애써 갖는다 해도 저 산 너머로 냉큼 사라져서 또다시 어서 오라고 손짓을 보낸다는 것이다. 마음의 지향처를 산 너머에 두고 지금 한 걸음을 떼는 게 인생이라는 생각을 갖게 하는 시다. 행복이란 그 실체가 있는 것이 아니라 행복하기 위해 노력하는 과정 자체가 있을 뿐이란 걸 당시에도 어렴풋이 느끼고 있었던 것 같다.

기대했던 것을 얻지 못한 상실감은 소월과 비슷할지 모르나, 부세는 "저 산 너머"를 보는 시선에서 예전의 것에서 좀처럼 앞으로 나서지 못하는 소월과는 구별되는 점이 있다고 생각해서 시로 엮어본 것이다.

소월의 불행은 자기에게 쏠리는 삶의 무게를 예민한 감성으로 더 크게 안았으며, 꿈으로 도피는 했을망정 산 너머에 있을 행복을 그리지 않았다는 데 있다. 산 너머가 허상이라 하더라도 존재를 위로하고 구원하기도 하는 것을, 소월은 이를 끝내 외면했다. 그럼 소월 시에 나타난 절절한 그리움의 원천이자 상실의 아픔으로 이어지게 하는 대상은 누구였을까. 연상의 연인이라는 설, 기생이라는 설이 있지만 어쩌면 일관된 대상이 아닐 수도 있다. 「초혼」이 친구의 죽음을 다루고 있다는 설도 있고, 「진달래꽃」이 외숙모의 처지를 노래했다는 설도 있으니, "꿈이라도 꾸면은!/ 잠들면 만날런가/ 잊었던 그 사람은/ 흰눈 타고 오시네"(「눈 오는 저녁」)라는 아주 낭만적인 연애시도 사실은 부모를 향한 그리움의 표현이라고 우겨볼 수 있는 것이다. 시에 몸과 마음을 치유하는 힘이 있다는 것도 사실은 자신의 상처를 갖고 시와 마주설 때 가능한 일이다. 어머니를, 친구를, 애인을 잃은 사람은 다 소월의 팬이 되는 게 조금도 이상하지 않다. 그럼에도 소월은 극복되어야 할 대상이기도 했다.

스승을
배우며 자기 길을
가고

칼 부세가 헤르만 헤세를 명망 있는 작가로 발돋움할 수 있도록 발판을 마련해주었다면, 소월에게는 김억이 있었다. 오산학교 교사로 있던 김억은 제자 김소월에게 가리기는 했지만 본인 역시 시인이면서 최초의 번역 시집 『오뇌의 무도』를 출간했을 만큼 서구 자유시의 흐름을 꿰뚫고 있는 사람이었다. 이 학교에서 김소월과 백석이 몇 년 간격을 두고 우리 문학에 빛을 던지게 된 것이 우연만은 아닌 것이다. 소월이 죽음을 앞두고 자신의 쓸쓸한 심사를 적어 김억에게 편지로 부친 걸 보면, 둘의 관계는 단순한 사제지간을 넘어서 서로 아끼고 의지하는 관계였음을 미루어 짐작할 수 있다.

소월이 세상을 버리고 오륙 년 후, 김억은 소월이 남긴 노트를 백석에게 보여준다. 백석은 흥분된 마음으로 노트를 받아 들었으니, 두보와 이백의 만남처럼 천재와 천재가 극적으로 대면하는 순간이라고 해도 좋겠다. 백석은 소월의 노트에서 「제이 엠 에쓰」를 읽은 감격을 시 전문을 옮겨 적으면서까지 신문에 발표했다. '제이 엠 에쓰'의 주인은 소월의 스승이자 백석 자신의 스승이기도 한 조만식 선생이었으니 감회가 남달랐던 것이다. 소월이 김억에게 정을 느끼고 시를 배웠다면, 조만식을 통해 어떻게 살아야 하는가를 배웠다.

조만식 선생은 인도의 간디가 그랬던 것처럼 물산장려운동을 통해서 국산품 애용을 주도하며 식민지 경제정책을 극복하려고 열과 성을 다했던 교육자이자 독립운동가였다. 그가 소월의 꿈으로 찾아온 것이다. 졸업 후 15년이 훌쩍 지나 거의 폐인처럼 지내던 소월에게 나타나 소월을 걱정하고 나무라는 꿈이다. 재학 시절 "덕 없는 나를 미워하시고/ 재주 있는 나를 사랑하셨다"며 선생을 회상하고, "큰 사랑은 죽는 법 없어/ 기억되어 항상 가슴속에 숨어 있어/ 미처 거친 내 양심을 잠재우리"(「제이 엠 에쓰」)라고 소월은 썼다. 「바라건대는 우리에게 우리의 보습 대일 땅이 있었더면」과 같은 현실 참여적인 시에 소월이 눈을 돌릴 수 있었던 것도 스승에게 영향 입은 바가 클 것이다.

이후 백석은 어찌 되었을까. 고향에서 원하지 않는 결혼으로 답답했을 것이고, 서울에서 자야와의 밀고 당기는 애정 싸움에 지쳤을 것이고, 통영에서 마음을 기울였던 여인과는 결국 어긋나게 됨으로써 실의에 빠졌을 것이다. 여기에 말 못할 부끄러운 일까지

조셉 킴, 〈남신의주 유동 박시봉 방〉(2005, 개인소장)

왼손잡이였던 화가 조셉 킴은 있는 그대로 정밀하게 묘사하고자
했던 자신의 그림이 사진 기술에 미치지 못함을 깨닫자 스스로
왼손을 못 쓰게 만든다. 이후 생계의 어려움과 예술적 방황으로
힘든 시기를 보내던 중 백석 시인의 시를 읽고 깊은 위로와 함께
창작의 영감을 얻는다. 특히 「남신의주 유동 박시봉 방」을 좋아해서
오른손으로 몇 번이나 그리게 된다. 위 그림에서 빈집에 오도카니
있는 화자에게 갈매나무가 「고향」의 의원처럼 다가서고, 원작에
없는 새와 반달도 있다. 반달도 조각배 모습을 하고 있으니, 언제든
빈 방을 나와 자유롭게 뜰 수 있으리란 기대를 갖게 한다.

당해 아주 처참한 지경까지 이르렀음을 「남신의주 유동 박시봉 방」 이란 시에서 확인할 수 있다. 소월과 다른 점이 있다면, 절망의 나락에서 바닥을 치고 삶의 의욕을 새로 다진다는 점이다. 같은 시에서 "그 드물다는 굳고 정한 갈매나무"를 통해 백석은 지난 일들을 털어내고 바깥으로 나설 용기를 얻는다. 슬픔을 적되, 그것을 따스하게 녹이기도 하는 백석 시의 정서는 독자의 마음을 위로하며 추슬러주었다. 소월을 배우되, 소월과 다른 경지를 이루었다고 평할 수 있을 것이다.

사람은 사람 사이에서 살면서 관계를 형성하고 조금씩 영향을 주고받는다. 이 시대에 선생은 있으나 스승이 없다든지, 학생은 있으나 제자가 없다든지 하는 자조적인 말도 심심찮게 들리지만 이는 바람직한 사제지간을 염원하는 수사 그 이상은 아닐 것이다. 그것보다는 '삼인행 필유아사(三人行必有我師)'라는 말에 훨씬 공감이 간다. 인격적인 면이든, 지적인 면이든, 기능적인 면이든 상대의 더 나은 점을 높이 사서 존경을 표하는 마음이야말로 서로 돕고 서로 키우는 진정한 관계의 출발임을 믿는다. 나의 모자란 부분을 남으로부터 빌려 채우다 보면, 누군가가 나를 배워 자신을 채우기도 할 것이다. 참된 스승상이란 것도 어떤 성취를 전제로 한다기보다는 배우고, 성장하고, 나누고, 감사하는 풍토 속에서 저절로 그려지는 것이리라.

다시 소월을 생각한다. 사랑에 고통받고 현실에 좌절해서 꿈으로 가고, 꿈이 깨는 게 두려워 아주 하늘로 가버린 시인은 해마다 피는 진달래처럼 되살아오니, 그 시향에 취해 지금도 소월에게 빚진 세대가 적잖을 것이다.

소월에겐 김억과 조만식이라는 훌륭한 스승이 있었다. 그렇지만 천재의 불운과 요절을 막지는 못했다. 같은 학교 후배 백석은 두 사람과의 인연은 여전한 가운데 시를 통해 소월을 배웠다. 그리고 먼 데 있을 '갈매나무'를 그리며 소월이 가지 않은 길을 선택해 또 하나의 길이 되었다. 그 길이 좋아 윤동주와 신경림은 백석의 『사슴』을 필사하고 한참을 설레는 마음으로 머물렀다. 그리고 또 자신의 길을 걸어 나갔다. 이 시대의 누군가는 윤동주의 「서시」를 통해 부끄러움을 배웠을 것이며, 신경림의 「농무」를 통해 사회 모순에 눈뜨기도 했을 것이다.

내겐 김소월도 백석도 윤동주도 신경림도 다 스승이다. 배우기를 좋아하는 마음, 감사하는 마음으로 보면 스승 아닌 것이 없다. 자연도, 사람도, 책도 다 스승이다.

소월의 '제이 엠 에쓰'처럼 내게도 고마운 사람들의 이니셜이 스쳐 지나간다. '케이 제이 피'도 그중의 한 사람이다. 서울로 전근 가는 그를 환송하고 돌아와 썼던 글을 천천히 읽는다. 뜬금없이 소월의 노래 한 구절이 맴돈다. "그대여, 부르라, 나는 마시리"(「님과 벗」).

선생님은 열이 많으셨습니다.

그리고 술을 좋아하셨습니다.

날이 샐 때까지 술을 그리 푸시고도

음운론 강의를 또박또박 하셨지요.

쉬는 시간이면 자판기 커피를 드셨습니다.

갈아입지 못한 양복저고리의 누룩 냄새와

담배 연기에 섞여 나는 커피 냄새가

딱, 선생님만큼 구수했습니다.

선생님은 열이 많으셨습니다.

열을 다스리는 방법으로

술을 택한 것이 아닌가 하는 생각도 합니다.

까치집에서 막걸리로 허기를 잊으면

맥주와 소주를 안 가리고 드셨죠.

술에 우열이 없듯이

술자리에 님도 벗도 모두 평등했습니다.

내민 담배를 차마 거절하지 못해 행복했습니다.

술이 오르면

선생님은 말씀을 많이 하는 편이었지요.

술이 더해 갈수록 진지해지고

똑같은 말을 되풀이하곤 했습니다.

빈 술잔을 걱정할 때 즈음이면

선생님의 초췌하고도 쓸쓸한 눈빛을 받습니다.

조금 더 가벼워져도 좋을 텐데 하면서도

그 눈빛에 휘둘리는 게 고마운 일이란 걸

이미 그 때도 알았을 테지요.

선생님은 열이 많으셨습니다.

그 열로 책을 파고, 술을 파고,

사람을 미워하고 사랑하셨습니다.

술자리에서 혀가 말릴 때까지 사랑을 말하고

그 자리에서 깨끗하게 무너지던 선생님,

선생님의 열에 덴 자리가

아직도 뜨겁습니다.

— 이동훈, 「김 선생님을 생각하며」 전문

들어가며

1) 김종삼,『십이음계』, 삼애사, 1969.

· 김종길,『성탄제』, 삼애사, 1969./『솔개』, 시인생각, 2013.

· 김종삼, 권명옥 엮음,『김종삼 전집』, 나남, 2005.

· 송경동,『나는 한국인이 아니다』, 창비, 2016.

1장 1936년의 아름다운 시

1) 백석,『사슴』, 선광인쇄주식회사, 1936.

2)《카톨릭청년》1936년 2월.

3)《조광》1936년 3월./ 김기림,『바다와 육체』, 평범사, 1948.

4)《조선문학》1936년 8월./ 임화,『현해탄』, 1938.

5)《소년》1937년 12월.

· 김기림,『기상도』, 창문사, 1936.

· 김정한,『김정한 전집 4』, 작가마을, 2008.

· 박대헌,『고서(古書) 이야기』, 열화당, 2008.

· 백석, 고형진 엮음,『정본 백석 시집』, 문학동네, 2007.

· 안재성,『경성 트로이카』, 사회평론, 2004.

· 이상, 권영민 엮음,『이상 전집 1 』, 태학사, 2013.

· 임화, 임화문학예술전집 편찬위원회 엮음,『임화문학예술전집 1: 시』, 소명출판, 2009.

· 정지용, 권영민 엮음, 『정지용 전집 1, 2』, 민음사, 1988.
· 플로리안 일리스, 한경희 옮김, 『1913년 세기의 여름』, 문학동네, 2013.

2장 고흐, 그 시작과 끝

1) 정진규, 『별들의 바탕은 어둠이 마땅하다』, 문학세계사, 1990.
2) 임채성, 『세렝게티를 꿈꾸며』, 고요아침, 2011.
3) 이생진, 『반 고흐, '너도 미쳐라'』, 우리글, 2008.
4) 정희성, 『돌아다보면 문득』, 창비, 2008.
· 《푸른시》15호, 2014.
· 김선우, 『도화 아래 잠들다』, 창비, 2003.
· 허만하, 『비는 수직으로 서서 죽는다』, 솔, 1999.
· 빈센트 반 고흐, 박홍규 엮음, 『세상에서 가장 아름다운 편지』, 아트북스, 2009.
· 알랭 드 보통, 『여행의 기술』, 이레, 2004.

3장 맛있는 국수 이야기

1) 이상국, 『집은 아직 따뜻하다』, 창비, 1998.
2) 《문장》 3권 4호, 1941년 4월.
3) 윤관영, 『오후 세 시의 주방 편지』, 시로여는세상, 2015.
4) 우대식, 『단검』, 실천문학사, 2008.
5) 안상학, 『아배 생각』, 애지, 2012.
6) 김완, 『너덜것 편지』, 푸른사상, 2014.
· 이욱정, 『누들 로드』, 위즈덤하우스, 2009.
· 이재무, 『위대한 식사』, 세계사, 2002.

4장 시큰한 모량역 이야기

1) 박목월, 『초록별』, 조선아동문화협회, 1946.
2) 문인수, 『적막 소리』, 창비, 2012.
3) 한국시인협회 엮음, 『2006 올해의 좋은 시』, 국학자료원, 2006.
4) http://blog.daum.net/bhs4801/86
5) 한영채, 『모량시편』, 계간문예, 2012.
· 박목월, 이남호 엮음, 『박목월 시전집』, 민음사, 2003.
· 신현락, 『그리고 어떤 묘비는 나비의 죽음만을 기록한다』, 북인, 2015.

5장 김남주 시인과 책방 이야기

1) 박몽구, 『칼국수 이어폰』, 시와문화, 2015.

2) 윤중목, 『밥격』, 천년의시작, 2015.

· 강대석, 『김남주 평전』, 시대의창, 2017.

· 김규동, 『나는 시인이다』, 바이북스, 2011.

· 김규동, 『시인의 빈 손』, 소담출판사, 1994.

· 김남주, 『나의 칼 나의 피』, 인동, 1987.

· 김남주, 『불씨 하나가 광야를 태우리라』, 시와사회, 1994.

· 김남주, 『조국은 하나다』, 남풍출판사, 1988.

· 김사인, 『어린 당나귀 곁에서』, 창비, 2015.

· 김수영, 『사랑의 변주곡』, 창비, 1990.

· 김용락, 『시간의 흰 길』, 사람, 2000.

· 김홍식, 『세상의 모든 지식』, 서해문집, 2015.

· 박몽구, 『수종사 무료찻집』, 시와문화, 2010.

· 성석제, 『농담하는 카메라』, 문학동네, 2008.

· 염무웅, 『문학과의 동행』, 한티재, 2018.

· 염무웅, 『살아 있는 과거』, 창비, 2015.

· 이봉구, 『그리운 이름 따라-명동 20년』, 유신문화사, 1966./ 지식을만드는지식, 2014.

· 이승하, 『감시와 처벌의 나날』, 실천문학사, 2016.

· 이승하, 『헌책방에 얽힌 추억』, 모아드림, 2002.

· 인병선, 『벼랑 끝에 하늘』, 창비, 1991.

· 장정일, 『햄버거에 대한 명상』, 민음사, 1987.

· 정지창, 『오늘도 걷는다마는』, 한티재, 2012.

· 조선남, 『눈물도 때로는 희망』, 푸른사상, 2016.

· 천상병, 『요놈 요놈 요 이쁜놈!』, 답게, 1991.

· 무라카미 하루키, 김춘미 옮김, 『해변의 카프카』, 문학사상사, 2003.

· 카프카, 곽복록 옮김, 『변신』, 신원문화사, 1993.

· 카프카, 이재황 옮김, 『아버지께 드리는 편지』, 문학과지성사, 1999.

6장 폐사지에서 숨은그림찾기

1) 조용미, 『일만 마리 물고기가 山을 날아오르다』, 창비, 2000.

2) 정호승, 『밥값』, 창비, 2010.

3) 백무산, 『그 모든 가장자리』, 창비, 2012.

4) 김경성, 『와온』, 문학의전당, 2010.

· 장지현, 『잊혀진 가람 탐험』, 여시아문, 2005.

7장 꿈을 달아놓은 다락 이야기

1) 이제니, 『아마도 아프리카』, 창비, 2010.

2) 정영주, 『말향고래』, 실천문학사, 2007.

3) 임보, 『장닭 설법』, 시학, 2007.

· 김소진, 『자전거 도둑』, 문학동네, 2002.

· 홍해리, 『바람도 구멍이 있어야 운다』, 도서출판 움, 2016.

· 미셸 뷔시, 최성웅 옮김, 『검은 수련』, 달콤한책, 2015.

· 미하엘 엔데, 허수경 옮김, 『끝없는 이야기』, 비룡소, 2000.

· 바오 닌, 박찬규 옮김, 『전쟁의 슬픔』, 예담, 1999.

· 코난 도일, 백영미 옮김, 『주홍색 연구』, 황금가지, 2002.

· 트레이시 슈발리에, 양선아 옮김, 『진주 귀고리 소녀』, 도서출판 강, 2003.

8장 동화를 사랑한 시인들

1) 허영숙, 『바코드』, 문학의전당, 2010.

2) 이선영, 『포도알이 남기는 미래』, 창비, 2009.

3) 나희덕, 『야생사과』, 창비, 2009.

4) 허수경, 『누구도 기억하지 않는 역에서』, 문학과지성사, 2016.

5) 송찬호, 『고양이가 돌아오는 저녁』, 문학과지성사, 2009.

· 나희덕, 『저 불빛들을 기억해』, 하늘바람별, 2012.

· 손관승, 『그림 형제의 길』, 바다출판사, 2015.

· 그림 형제, 김열규 옮김, 『그림 형제 동화전집』, 현대지성, 2015.

· 이케가미 슌이치, 김경원 옮김, 『숲에서 만나는 울울창창 독일 역사』, 돌베개, 2018.

9장 밥과 책에 대하여

1) 《우리詩》 2010년 11월.

2) 이동훈, 『엉덩이에 대한 명상』, 문학의전당, 2014.

· 김훈, 『밥벌이의 지겨움』, 생각의나무, 2003.

· 안소영, 『책만 읽는 바보』, 보림, 2005.

· 이태준, 『무서록』, 깊은샘, 1994. / 박문서관, 1941.

10장 장엄한 낮술 이야기

1) 박상천, 『낮술 한잔을 권하다』, 책만드는집, 2013.

2) 정현종, 『고통의 축제』, 민음사, 2002.

3) 김수열, 『생각을 훔치다』, 삶이보이는창, 2009.

4) 고영, 『너라는 벼락을 맞았다』, 문학세계사, 2009.

5) 홍해리, 『투명한 슬픔』, 작가정신, 1996.

6) 《현대시학》 1966년 6월. / 천상병, 『주막에서』, 민음사, 1979.

7) 《시인동네》 2017년 6월.

8) 신경림, 『뿔』, 창비, 2002.

· 김종삼, 권명옥 엮음, 『김종삼 전집』, 나남, 2005.

· 박완서, 『너무도 쓸쓸한 당신』, 창비, 1998.

· 변영로, 『명정 40년』, 서울신문사, 1953. / 범우사, 1977.

· 신경림, 『신경림의 시인을 찾아서』, 우리교육, 1998.

11장 백석의 함주시초 꼼꼼 읽기

· 강소천, 『호박꽃 초롱』, 박문서관, 1941. / 재미마주, 2015.

· 김자야, 『내 사랑 백석』, 문학동네, 1995.

· 백석, 고형진 엮음, 『정본 백석 시집』, 문학동네, 2007.

· 백석, 이동순 엮음, 『백석 시전집』, 창비, 1987.

· 송준, 『시인 백석 1, 2, 3』, 흰당나귀, 2012.

· 신수경·최리선, 『시대와 예술의 경계인, 정현웅』, 돌베개, 2012.

· 안도현, 『백석 평전』, 다산책방, 2014.

· 안도현, 『외롭고 높고 쓸쓸한』, 문학동네, 1994.

· 정효구, 『백석』, 문학세계사, 1996.

· 조셉 킴, 『백석 평전』, 미다스북스, 2011.

12장 소월과 스승

1) 이동훈, 『엉덩이에 대한 명상』, 문학의전당, 2014.

· 김소월, 권영민 엮음, 『김소월 시전집』, 문학사상사, 2007.